ちくま文庫

マッカラーズ短篇集

カーソン・マッカラーズ

ハーン小路恭子 編訳　西田実 訳

筑摩書房

"The Ballad of the Sad Café", "The Jockey",
"A Domestic Dilemma", "A Tree, a Rock, a Cloud", "Wunderkind",
"Madame Zilensky and the King of Finland", "The Sojourner"
from *The Ballad of the Sad Café*
by Carson McCullers
Houghton Mifflin Company, 1951

"Like That" from *The Mortgaged Heart*
by Carson McCullers
Houghton Mifflin Harcourt Publishing Company, 1971

マッカラーズ短篇集　目次

マッカラーズ短篇集

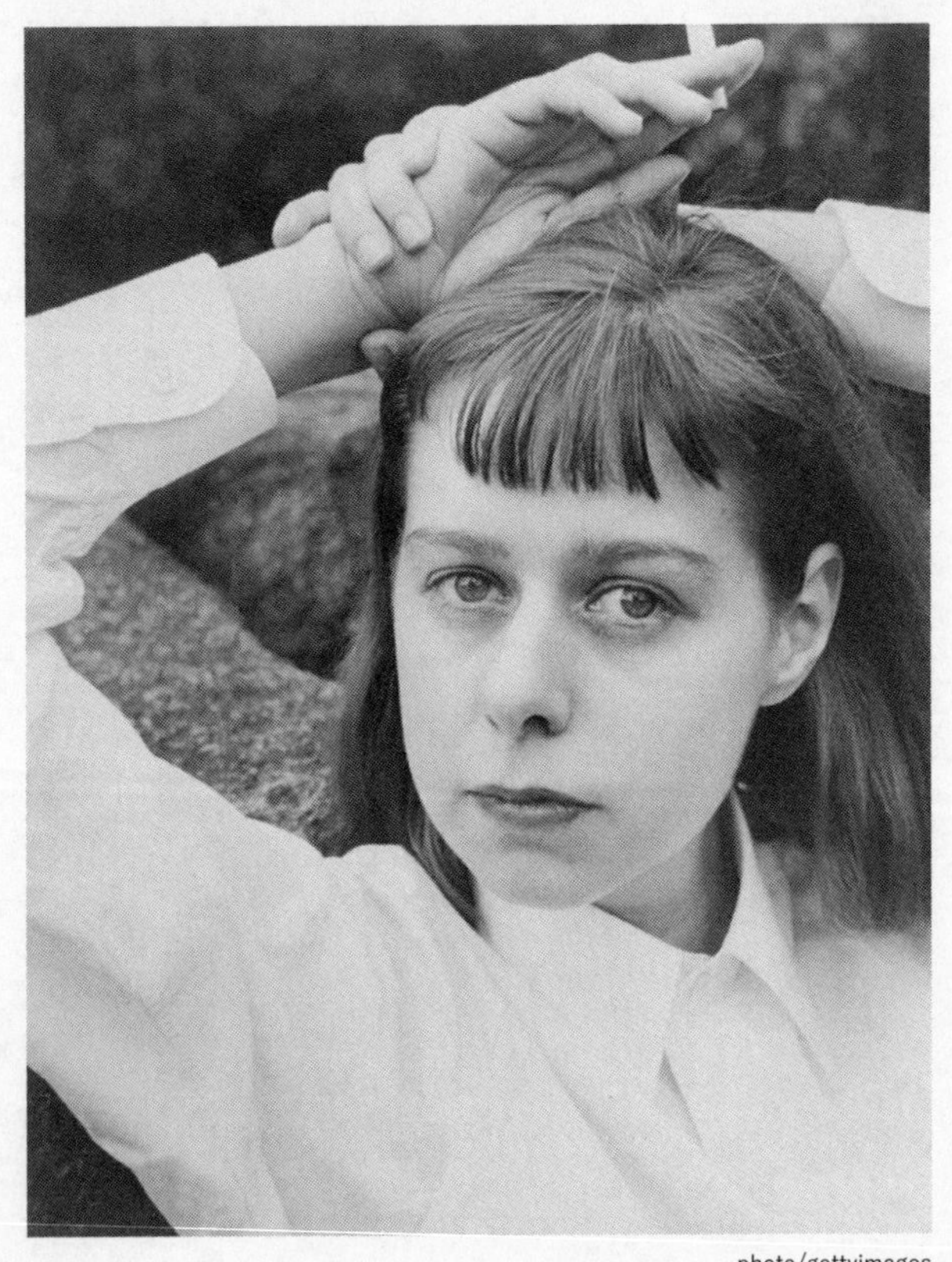

photo/gettyimages

カーソン・マッカラーズ
Carson McCullers（1917-1967）

悲しき酒場の唄

さびれた町だ。紡績工場と、工員の住む二間（ふたま）の住宅群と、わずかな桃の木と、ステンドグラスのふたつある教会と、長さ百メートルたらずのみじめなメイン・ストリートのほかには、めぼしいものはほとんどない。土曜日には近くの農家の小作人たちが、おしゃべりと買物の一日を過ごすためにやってくるが、それ以外は町はひっそりとして、まるで世界のどの場所からも遠く離れた、孤立した町のようだ。いちばん近い汽車の駅はソサエティ・シティーにあり、グレイハウンドとホワイト・バスの路線が走るフォークス・フォールズ街道までは町から五キロの距離がある。ここの冬は短くて寒く、夏は白熱した太陽が燃えるように照りつけて暑い。

八月の午後、そのメイン・ストリートを歩いてみても、まったくなにもすることがない。いちばん高い建物は、町の中心にあって、一面に板を打ちつけてあるが、ひどく右に傾いて、いまにも倒れそうに見える。かなり古い家である。どことなく奇妙にいびつな感じがあるので、おかしいと思ってよく見るとはっと気がつくのだが、いつか、ずっと昔、正面のベランダの右側と、それから壁の一部にペンキを塗って——しかし塗りかけのままやめてしまったので、家の半分が他の半分より黒っぽく薄よごれているのであった。この建物にはまるで人気がないように見える。ところが、二階に板を打ちつけてない窓がひとつだけあって、ときどき午後おそく、暑さがいちばんきびしいころ、鎧戸をゆっくり開ける手と、町を見おろす人の顔が見えることがある。それは夢のなかにぼんやり現われるこわい顔に似て——男か女かもわからぬ青白い顔で、ふたつの灰色の斜視の目が、強く内側に視線を向けているため、まるで互いに長いあいだ、なにか秘密の悲しい思いをこめて、じっと見つめあっているように見える。その顔は、一時間かそこら窓べを去らずにいるが、やがてふたたび鎧戸が閉じられ、それ以後はメイン・ストリートにほかの人影が見られることはまずない。こんな八月の午後には——工場の仕事が終わると、あとはもうなにもすることがなくて、フォークス・フォールズ街道まで歩いていって、鎖につながれた囚人たちの歌声でも聞くよりしかたがない。

ところが、ほかでもないこの町に、かつて酒場というものがあったのだ。そしてこの板を打ちつけたぼろ家こそ、何キロ四方をさがしても、ほかに類のない場所であったのだ。土曜日の晩には、テーブルに布をかけペーパーナプキンをおき、扇風機が回って飾りリボンが流れ、大勢の人がここに集まってきた。この建物の所有者はミス・アメリア・エヴァンズであったが、ここがにぎやかに繁盛するのにもっとも力のあった人物は、「いとこのライマン」と呼ばれる背の曲がった男であった。もうひとり、この酒場の物語にかかわりのある人物がいて——それはミス・アメリアのもとの夫で、ならず者であったが、刑務所で長い刑期を終えたあと町へ戻ってきて、大あばれしてから、またどこかへ行ってしまった。それ以後長いあいだ、酒場は閉じられたままになっていたが、物語は今でも人びとの記憶に残っている。

そこは、はじめから酒場というわけではなかった。その建物はミス・アメリアが父親から受け継いだもので、おもに飼料、肥料、それに小麦粉や嗅ぎタバコなどの日用品をあきなう店であった。ミス・アメリアは金持ちだった。この店のほかに、五キロも奥に入った沼地にウイスキー醸造所を持っていて、この地方でいちばんという酒を出荷していた。ミス・アメリアは色の黒い、背の高い女で、男のように筋骨がたくましかった。髪は短く刈って、額から後ろになでつけてあり、日焼けした顔には、ぴんと張りつめた、こわいような感じがあった。そのころすでに、少なからず斜視になっていたとはいえ、美人といってよい顔だちであった。求婚したいという男もいたけれども、ミス・アメリアは、男の愛などはまるで眼中になく、孤独な人間であった。彼女の結婚というのは、この地方で結ばれた他のどの男女の婚姻ともちがったもので——奇妙な、また危険な結婚であり、たった十日しか続かず、町じゅうの人びとはただ驚き呆れるばかりであった。この奇妙な結婚を別にすれば、ミス・アメリアは生涯を独身で通した。彼女は、沼地の小屋にひきこもって、作業ズボンにゴム長をはき、黙って蒸留器の低く燃える火の番をしながら、何日も夜を過ごすことがよくあった。

手で作れる物ならなんでも、それを元手にミス・アメリアは金をもうけた。近くの町でチタリン（豚の小腸の加工食品）やソーセージを売った。秋の晴れた日にはモロコシを碾いたが、大樽にためたそのシロップは、にぶい金色に輝いて、なんともいえない味がした。たった二週間で店の裏手に煉瓦で便所を建ててしまうくらいで、大工仕事も器用にこなした。ミス・アメリアが思うとおりにできないのは、人間を相手にするときだけであった。人間は、へなへなの弱虫か、よたよたの病人でもないかぎり、手にとって、一夜のうちに、なにか役に立つ、金もうけの種になりそうなものに作り直すわけにいかない。そんなわけで、ミス・アメリアにとって他人とは、金をしぼりとる材料としてしか利用価値がなかった。そしてこの道でも彼女は成功した。作物や土地家屋を抵当に取り、製材所を経営し、銀行に金をあずけ——この地方一帯でいちばんの金持ちになった。このままいけば議員さんにも負けないくらいの金がたまったであろうが、たったひとつだけ大きな弱点があって、それは法廷での裁判沙汰が大好きなことであった。彼女は、ほんのささいなことを種にして、いつまでも執念深く、訴訟騒ぎにのめりこむのであった。うわさによればミス・アメリアは、往来で石につまずいただけでも本能的にあたりを見回して、なにか告訴する材料はないかと目をくばる、という話であった。こうした裁判沙汰以外は、彼女は単調な生活を送っていて、くる日もくる日も、その前の日とたいしたちがいはなかった。十日間の結婚を除けば、ミス・アメリアが三十歳になる年の春まで、この生活を変えるようなことはなにも起こらなかった。

それは、ひっそりと静まった四月のある晩の、真夜中近いころであった。空の色は沼地に咲くアヤメのように青く、月が皓々(こうこう)と照り輝いていた。その春は畑も豊作の見込みで、この数週間は紡績工場も夜間操業を続けていた。川っぷちの四角い煉瓦工場では黄色い明かりが燃え、どこかで機(はた)を織る単調な音がかすかに聞こえた。そんな晩には、恋人のもとへ通う黒人ののんびりした歌声が、ずっと遠くから、暗い野原を渡って流れてくるのに耳を傾けるのも楽しかった。また、静かにすわってギターをかき鳴らしたり、あるいはなにも考えないで、ただひとりで横になっているのもいい気持ちだった。その晩、外の通りに人影はなかったが、ミス・アメリアの店には明かりがついて、表のベランダには五人の男がいた。なかのひとりはスタンピー・マックフェイルといって、赤ら顔で、きゃしゃな、青黒い色の手をした職工長だった。踏み段のいちばん上にすわっている作業服のふたりの若者はレイニーという双子で——ふたりとも長身で動作がのろく、白髪で、眠そうな緑色の目をしていた。残るひとりはヘンリー・メイシーといって、おだやかな物腰と神経質そうな態度の、内気でおどおどした人物で、いちばん下の段のはじに腰をかけていた。ミス・アメリア自身は、開け放したドアの横によりかかって立ち、沼地用の大きな長靴をはいた足を組んだまま、どこかでひろったロープの結び目を辛抱強くほどこうとしていた。彼らは長いあいだ口をきかないでいた。

それまでじっと、人気のない通りの向こうを見ていた双子のひとりが最初に口を開いて、「なにか来るのが見える」と言った。

「子牛が逃げたかな」もうひとりが言った。

近づいてくるものの姿はまだ遠くてはっきりとは見えなかった。花をつけた桃の木が月に照らされて、道路上にぼんやり、ねじ曲がったその影を落としていた。花と、甘い春の草のかおりが、近くの沼の、暖かい、すえたようなにおいと、空中でまじりあっていた。

「いや。どこかの餓鬼だ」スタンピー・マックフェイルが言った。

ミス・アメリアは、黙って道路を見つめていた。ロープは下へおいて、作業ズボンの革紐を、茶色い骨ばった手でいじっていた。彼女が顔をしかめると、黒い髪がひと房、ぱらりと額の上に垂れた。そうして彼らが待っているあいだ、道路の向こうのどこかの家で、一匹の犬が、けたたましく、しゃがれ声で遠吠えをはじめ、それがしばらく続いていたが、やがてだれかが大声でどなって鳴きやませた。人の姿がずっと近よって、ベランダの黄色い明かりのなかに入ったときはじめて、みんなの目にその正体がはっきり見えた。

その男はよそ者であったが、こんな時間によそ者が歩いて町に入ってくることはめったになかった。そればかりか、男は背中が曲がっていた。背丈は一二〇センチそこそこで、やっと膝のところまでとどく、ぼろぼろでほこりだらけのコートを着ていた。ゆがんだ足は細すぎて、ねじれた大きな胸と肩に乗った瘤（こぶ）との重みを支えきれないように見えた。ひどく大きな頭で、深くくぼんだ青い目と、とがった小さな口をしていた。顔つきはおだやかそうでいながら、そのくせ人をくったところがあり——いま見ると、青白い皮膚は黄色っぽいほこりにまみれ、目の下には薄紫色の隈ができていた。そして、縄でしばった、いびつでおんぼろのスーツケースを持っていた。

「こんばんは」男は息をきらせながら言った。

ミス・アメリアとベランダにいる男たちは、そのあいさつに返事もせず、ただ黙ったままで、じっと相手を見つめていた。

「アメリア・エヴァンズさんをさがしてるんですが」

ミス・アメリアは、額の髪をはらいのけると、顎をつき出した。「なぜ？」

「親類だもんで」男は答えた。

双子の兄弟とスタンピー・マックフェイルはミス・アメリアの顔を見上げた。

「あたしだよ」彼女は言った。「親類ってどういうことさ？」

「それは——」男は言いかけた。落ち着かない様子で、今にも泣きだしそうに見えた。スーツケースを踏み段のいちばん下においたが、取っ手から手は離さなかった。「おれのおふくろはファニー・ジェサップといって、チーホーの生まれだ。三十年ばかり前、最初の亭主といっしょになったとき、チーホーを出た。おふくろには、マーサという、片親のちがう姉がいるという話をしてるのを聞いたことがある。それがあんたのおっかさんだって、チーホーの町で今そう言われているんだ」

ミス・アメリアは、首をちょっとかしげたまま、その話を聞いていた。彼女は、日曜日の食事もひとりですます習慣で、この家に身内の者が大勢寄り集まるということは一度もなく、自分からもだれかと縁つづきだと言いだしたことはなかった。むかしチーホーで貸し馬車屋をやっている大伯母がいたが、その大伯母はもう亡くなっていた。そのほかには、三十キロ離れた町に住む、たったひとりのまたいとこがいたが、このいとことミス・アメリアは折り合いが悪くて、たまたますれちがうことがあると、ふたりとも道路のわきにペッと唾をはいた。そのほかにも、なんとかこじつけてミス・アメリアとの縁のつながりをでっち上げようと苦心する連中がときどき現われたが、成功したためしがなかった。

男は、いろいろな人名や地名をあげながら、くどくどと長話をはじめたが、それはベランダで話を聞いている人たちの知らない名前ばかりで、本題とはなんの関係もないように思われた。「だからファニーとマーサ・ジェサップは片親ちがいの姉妹で、それからおれはファニーの三番目の亭主の息子だ。つまるところ、あんたとおれは――」彼は、体をかがめてスーツケースの中身を広げはじめた。よごれたスズメの爪のような両手がぶるぶる震えていた。カバンのなかには、ありとあらゆるがらくたが詰まっていた――ぼろぼろの衣類とか、ミシンの部品みたいなはんぱな品物とか、どれも無用のくずばかりであった。男はそのがらくたのなかをひっかきまわして、一枚の古ぼけた写真を取り出した。「これがおれのおふくろと、腹ちがいの姉の写真だ」ミス・アメリアはなにも言わなかった。顎をゆっくり右へ左へと動かしていて、その顔つきから彼女がなにを考えているかがおよそわかった。スタンピー・マックフェイルはその写真を受けとると、明かりにかざして見た。二歳と三歳くらいの、血色の悪い、しなびた小さい子どもの写真であった。ちっちゃな顔が白くぼんやり見えるだけで、どこの家のアルバムにもありそうな古ぼけた写真であった。

スタンピー・マックフェイルは、なんとも言わないでその写真を返すと、「あんたどこの人だね」と尋ねた。

男の声には落ち着きがなかった。「旅に出ていたんだ」

それでもミス・アメリアはなにも言わなかった。ただドアの横にもたれかかって立ったまま、男のほうを見下ろしていた。ヘンリー・メイシーはぴくぴく瞬(まばた)きすると、両手をこすり合わせた。それからそっと踏み段のいちばん下から立ち上がって、姿を消した。彼はやさしい心の持ち主で、男の身の上に胸を打たれたのである。そこで彼はミス・アメリアが、この新参者(しんざんもの)に玄関払いをくわせて町から追い出すところまで、じっと見ていたいとは思わなかった。男は、いちばん下の段にカバンをひろげたまま立っていた。鼻をくすんくすんいわせ、唇をぴくぴく震わせていた。おそらく彼は、自分のみじめな苦しい立場がわかりはじめたのであろう。がらくたのいっぱいつまったスーツケースを持って知らない町に迷いこみ、ミス・アメリアと縁つづきだなどと言い立てるのはなんとみじめなことか、たぶんそれに気がついたのであろう。とにかく彼は、踏み段に腰をおろすと、急に泣きだした。

見もしらぬ男が、真夜中にこの店まで歩いてきて、やがて腰をおろして泣きだすなどということは、めったにあるものではなかった。ミス・アメリアは額の髪を後ろへふりはらい、男たちは落ち着かぬ様子で互いに顔を見合わせた。町じゅうがひっそり静まりかえっていた。

やがて双子のひとりが言った。「こいつはモリス・ファインスタイン顔負けだな」

これはある特別な意味を持った言いまわしだったので、みんなうなずいて賛成した。しかし男は、どういう意味なのかわからないで、いっそう声をはり上げて泣いた。モリス・ファインスタインというのは、何年も前にこの町に住んでいた男である。すばやくちょこちょこ動く小柄なユダヤ人で、ユダ公と呼ばれると泣きだした。毎日白パンと鮭（さけ）の缶詰を食べていた。不幸な目にあってソサエティーに引っ越してしまったが、それ以来、だれでも、なにかうるさいことを言ったり、あるいはめそめそ泣いたりすると、あいつはモリス・ファインスタインだと呼ばれるようになった。

「どうも、悩みごとがあるようだ」スタンピー・マックフェイルは言った。「なにかわけがあるな」

ミス・アメリアは、ひょろ長い足をゆっくり動かす大股の歩き方で、一歩、二歩とベランダを横切り、踏み段を降りると、じっと考えこむように立ったまま、よそ者の姿を見つめていた。そして、片方の手の長い褐色の人さし指で、おずおずと、男の背中の瘤(こぶ)にさわった。男はまだ泣きつづけていたが、前よりはおとなしくなっていた。夜空はしんと静まり、月は依然として穏やかな澄んだ光で照り輝き——いちだんと寒さが増していた。そのときミス・アメリアは、めったにやらないことをやってみせた。尻のポケットから酒の瓶を取り出すと、手のひらで飲み口をぬぐってから、飲めといって男に手渡したのである。つけで酒を売ってくれとかけ合っても、めったにうんということのないミス・アメリアが、たとえ一滴たりとも、ただで人にくれてやるなどということは、前代未聞のことであった。

「飲んでごらん」彼女は言った。「胃袋があったまるから」

男は泣くのをやめて、口のまわりの涙をきれいになめて取り、言われたとおりにした。彼が飲み終わると、ミス・アメリアもゆっくりひとくち飲んで、それで口のなかを温めながら洗って、ぱっと吐き出した。それから彼女も飲みはじめた。双子の兄弟と職工長は、自分で買った酒の瓶を持っていた。

「口あたりのいい酒だ」スタンピー・マックフェイルは言った。「ミス・アメリア、あんたがへまをしたためしがないな」

その晩彼らが飲んだウイスキー（大瓶二本）は重要である。さもなければ、それからあとで起こったことの説明がつきにくいであろう。おそらくそれがなければ、酒場などはできなかったかもしれない。というのは、ミス・アメリアの作った酒は、他に類のない独特の味わいを持っていたからである。まじりけがなく、舌にぴりっとくる酒だが、いったん喉（のど）を通ると、いつまでも腹のなかで長く燃えつづけた。それだけではない。きれいな紙の上にレモン汁で文句を書いても、なんの跡も残らないけれども、その紙をしばらく火にあてると、茶色の文字が現われて、文句の意味が明らかにわかるという話であるが、ウイスキーがその火で、文句にあたるのが、人の心の奥底だけにあることだと考えれば――ミス・アメリアの酒の値打ちがわかるであろう。うっかり忘れていたことや、暗い心のずっと奥深くだいじにしまっておいた思いなどが、突然意識にのぼって理解されるようになるのだ。織機（しょつき）、弁当箱、ベッド、そしてまた織機と、これしか頭になかった紡績工、その紡績工が、ある日曜日に酒を少し飲んで、ふと沼地のユリを見かけたとする。そのとき彼が手のひらにこの花をのせて、可憐な金色の萼（がく）をつくづくながめると、突然彼の心をやさしい感情が、痛いほど強く突き貫（ぬ）けるかもしれない。ひとりの織工が突然空を見上げて、一月の真夜中の空の冷たい不気味な輝きにはじめて気がついたとき、ちっぽけな自分自身の存在に、心臓が止まるほど深い恐れを感じるかもしれない。つまり、そんなことが、ミス・アメリアの酒を飲んだ人の身に起こるのだ。苦しむ人もあろうし、喜びに酔いしれる人もあろう——いずれにしても、その経験によって真実が示される。つまり、その人は心を火で温めて、そこに隠された文句を読みとったのである。

彼らは真夜中すぎまで飲んでいたが、月も雲にかくれて、寒く暗い晩になった。男はまだいちばん下の段にすわったまま、おでこを膝にのせたみじめな姿勢でうずくまっていた。ミス・アメリアは両手をポケットにつっこみ、踏み段の二段目に片足をのせていた。長いあいだ黙ったままでいたが、その顔の表情は、軽い斜視の人が深い物思いにふけっているときによく見られるもので、非常に賢明なようでありながら、ひどく狂気じみても見える顔つきであった。やがて彼女は言った。「まだ名前を聞いてないね」

「ライマン・ウィリスといいます」男は答えた。

「さあ、おはいり」彼女は言った。「台所に夕食が少し残っているから、食べてもいいよ」

　これまでのミス・アメリアの生涯で、人を食事に招くなどということは、なにかペテンにかけようとたくらんでいるときとか、金もうけの種にしようと思っているときを除けば、めったにないことであった。そこでベランダにいる男たちは、これはただごとでないと感じた。後になって彼ら仲間で話しあった末、彼女はその日の午後ずっと、沼地で酒を飲んでいたにちがいないということになった。それはともかく、彼女がベランダから姿を消したので、スタンピー・マックフェイルと双子の兄弟も家路についた。彼女は表のドアの錠をおろし、あたりを見回して商品に異状はないか確かめた。それから彼女は、店の裏手にある台所へ行った。男は、鼻をくすんくすんいわせ、きたないコートの袖でそれをふきながら、スーツケースを引きずって、彼女のあとについていった。

「おすわり」ミス・アメリアは言った。「ここにあるものを温めてあげるから」

　その夜ふたりが食べたのはなかなかのごちそうであった。ミス・アメリアは金持ちで、食べ物には出費を惜しまなかった。料理はフライドチキン（その胸肉を男は自分の皿に取り分けた）と、マッシュしたカブと、青菜（カラードグリーン）と、ほかほかの淡黄色のサツマイモであった。彼女は、ミス・アメリアは、畑仕事をする人らしく、ゆっくりと味わいながら食べた。彼女は、テーブルに両肘をついて、皿の上にかがみこむようにすわり、両足の膝を大きく広げ、足は椅子の桟（さん）の上にのせて支えていた。男はといえば、まるで何カ月も食べ物のにおいをかがなかったみたいに、ごちそうをごくごく飲みこんでいた。食事のあいだに涙が一粒頬をつたって流れたが——それはたった一粒残った涙で、べつにどうということはなかった。テーブルの上のランプはよく手入れがしてあって、芯（しん）のはじから青い炎を立てて燃え、台所の空気を明るく引き立てていた。ミス・アメリアは料理を食べ終えると、やわらかいパンのひときれでていねいに皿をふきとり、そのパンに自家製の透明な甘いシロップを塗った。男もそのまねをしたが——ただ彼のほうが気むずかしくて、皿をかえてくれと要求した。食事がすむと、ミス・アメリアは椅子を後ろに傾け、握り拳（こぶし）を固めて、シャツの袖の清潔な青い布の下の、右腕の強くてしなやかな筋肉にさわってみたが——これは食事が終わったときに、彼女が無意識にやる習慣になっていた。それから彼女はテーブルのランプを手にすると、首をぐっと階段のほうへひねってみせた。男に後についてこいという合図であった。

店の上には部屋が三つあって、ミス・アメリアはその生涯をずっとここで過ごした——寝室がふたつと、その間に大きな居間がついていた。これらの部屋を見た人はほとんどいなかったが、造作がりっぱで、ひどく清潔だということは広く知れわたっていた。ところが今ミス・アメリアは、どこの馬の骨ともしれぬ、きたない、ちっぽけな風来坊を、そこへ連れて上がったのである。ミス・アメリアは、ランプを高くかかげて、いっぺんに二段ずつ、ゆっくり上がっていった。男はその後にぴったりついて、飛ぶように歩いたので、揺れるランプの光が階段の壁に、ふたりの大きなねじ曲がった影をひとつに合わせて映しだしていた。やがて階上の部屋も、町全体と同じように暗闇に包まれた。

翌日の朝はうららかな天気で、暖かい紫色にバラ色のまじった日の出の空であった。町のまわりの畑は、最近畔（あぜ）を掘ったばかりで、朝早くから農夫たちが、濃い緑の若いタバコの苗木を植える作業で忙しかった。野生のカラスの群れが、畑の近くに舞い下りて、青っぽいその影が地上にちらちら動いていた。町では人びとは、弁当箱を持って早く家を出てゆき、工場の窓は日を受けてまばゆい金色に輝いていた。空気はさわやかで、桃の木は三月の雲のようにふんわりした花をつけていた。

ミス・アメリアは、いつものように、夜明けごろ降りてきた。そしてポンプの水で頭を洗うと、まもなく仕事にとりかかった。昼近くになると、騾馬に鞍をおいて、フォークス・フォールズ街道の近くにある、綿を植えた所有地の様子を見にいった。言うまでもなく、昼までには、すべての人が、前日の夜中に店へやってきた男の話を聞いて知っていた。しかしまだだれも実物にお目にかかっていなかった。やがて暑くなるにつれて、空も濃い真昼の青色に輝いた。それでもまだ、この不思議な来客を目にした者はだれもいなかった。ミス・アメリアのおふくろに腹ちがいの妹がいることは何人かが記憶していたが——その人が死んだか、それともタバコの葉に糸を通す作男のひとりと駆け落ちしたかに関しては、意見が分かれていた。男の主張については、だれもがそれを眉唾ものと思っていた。そして町の人びとは、ミス・アメリアの気性をのみこんでいるので、男に食べ物を与えたあとは、家から追いだすにちがいないと思いこんでいた。ところが夕方になって空が白み、工場の作業も終わろうというころ、店の上の部屋のどれかの窓に、いびつな顔がたしかに見えたと言う女が現われた。ミス・アメリア自身はなにも言わなかった。彼女は店でしばらく事務をとったのち、鋤の柄のことである農夫と一時間ばかり言い合いをしてから、少し金網の修理をし、日が沈むころ店をしめて、自分の部屋へ上がっていった。町の人びとはさっぱりわけがわからずに、あれこれしゃべりあった。

　次の日、ミス・アメリアは店を開かず、家のなかに閉じこもったまま、だれにも会わなかった。この日こそ、あのうわさが広がりはじめた日であった——それはこの町ばかりか、周囲の農村のすみずみまで、人びとの肝をつぶすような恐ろしいうわさであった。そのうわさの口火をきったのはマーリー・ライアンという織工であった。とるにたらぬ人間で——血色の悪い顔をして、よろよろ歩き、口には歯が一本もなかった。三日熱のマラリアにかかっていて、三日目ごとに熱が出るのであった。そこで二日間は元気がなくてぶすっとしているが、三日目になると急に元気が出て、ひとつふたつ考えが頭に浮かぶことがあった——たいていはくだらない考えである。それはちょうどマーリー・ライアンが熱を出しているときであったが、彼はいきなり振り向くとこう言った。

「アメリアさんが何をやったか、おれにはちゃんとわかってる。なにか、あのスーツケースに入ってる物をねらって、あいつを殺したんだ」

　彼は、事実を述べるのにふさわしい落ち着いた声でこう言った。それから一時間もたたぬうちに、うわさは町じゅうをかけめぐった。その日、町じゅうの人びとがでっち上げたのは、ぞっとするような恐ろしい話であった。そのなかには心臓を凍らせるような材料が全部そろっていた——背の曲がった男、真夜中の沼地での埋葬、町の通りを引き回されて監獄まで連行されるミス・アメリア、彼女の財産のゆくえをめぐるごたごた——こんなことがひそひそ声でうわさされ、それにまた恐ろしい尾ひれがついてくり返された。雨が降ったのに女たちは物干しから洗濯物を取り入れるのを忘れた。ミス・アメリアに借金のある連中のなかには、まるで祝日のように盛装する者さえ何人かいた。人びとはメイン・ストリートに群がって、しゃべりながら店の様子を見つめていた。

町じゅうの人が全部この不吉なお祭りに参加したと言ったら嘘になるであろう。なかには冷静な人も何人かいて、ミス・アメリアは金持ちなのだから、わずかばかりのがらくたのためにわざわざ風来坊を殺すようなまねはしないだろうと推測した。さらに町には心のやさしい人が三人もいて、この人たちは、そんな殺人事件が起こったら、大騒ぎになって面白いかもしれないが、こんな犯罪はまっぴらだと思っていた。ミス・アメリアが刑務所の鉄柵にしがみついているところや、アトランタで電気椅子にのせられるところを想像してみてもいい気持ちはしなかった。これらのやさしい人たちは、他の人びととは違った角度からミス・アメリアを判断していた。彼女ほど、あらゆる点で人と反対で、犯した罪の数も、いっぺんに思い出せないくらいの人間ともなれば——そんな人物の場合は明らかに、特別な判断の基準が必要である。人びとの記憶に残るミス・アメリアは、生まれつき色が黒く、なんとなくおかしな顔だちで、母親なしに、孤独な性格の父親に育てられた。ずっと若いころすでに身長が一八八センチに達していたが、それだけでも女としては普通ではない上に、彼女の日常やることなすことが、すべて理屈では説明がつかないくらい変わっているのであった。なによりも人びとがよく覚えているのは彼女の謎だらけの結婚で、それこそこの町の歴史はじまって以来の道理にはずれたスキャンダルであった。

そんなわけで、これらのやさしい人びとは、彼女に対して哀れみに似た感情を抱いていた。そこで彼女が、人の家へとびこんで、借金のかたにミシンを引きずり出したり、なにか法律問題が原因で腹を立てたり、そういう荒々しい行動に出たときには——彼らは彼女に対して、憤激と、内心ではおかしくてくすくす笑いたくなるような気持ちと、言いようのない深い悲しみとの混じりあった感情を抱くのであった。だが、やさしい人の話はこのくらいにしよう。というのは、そんな人はたった三人しかいなくて、あとの住民はみんな、その日の午後ずっと、この想像上の犯罪をたねに、お祭りさわぎを演じていたからである。

ミス・アメリア自身は、なぜか不思議に、こうしたさわぎにはまったく気がつかないようであった。彼女は一日の大部分を二階で過ごした。店へ下りてくるときは、両手を作業ズボンのポケットに深くつっこみ、顎がワイシャツのカラーのなかに入ってしまうほど首を低く曲げて、静かに歩きまわった。体のどこにも血痕などはついていなかった。何回も立ちどまっては、床の割れ目に暗い視線を向けてじっと立ちつくし、短く刈った髪の一房をひねったり、なにかぶつぶつひとりごとを言ったりした。しかし、一日の大半は階上の部屋にこもっていた。

夕闇がせまってきた。午後の雨で空気も冷え冷えとして、まるで冬のようにわびしく暗い夕方になった。空には星ひとつ見えず、つめたい氷雨がしとしとと降りだした。表から見える家々のランプが、悲しげにちらちらと揺れていた。風が、町の沼地側からではなく、北よりの寒い真暗な松林の方角から吹きはじめた。

町じゅうの時計が八時を打った。それでもなにも起こらなかった。昼間きみわるいうわさ話を聞いた後なので、陰気な夜空に恐怖心をおぼえた人たちは、家から外へ出ずに暖炉にかじりついていた。何人かずつグループになって寄り合う者もあった。ミス・アメリアの店のベランダには、八人から十人ほどの男が集まっていた。みんな黙ったまま、ただじっと待っていた。なにを待っているのか、彼ら自身も知らなかった。なにか大事件が起こりそうな緊張したときには、人びとはこのように集まって待つものなのだ。そしてそのしばらく後に、みんながいっせいに行動を起こすときがくるが、それはよく考えた結果でもなく、だれかひとりの意志に従ってするのでもなくて、まるでみんなの本能がひとつに融け合った結果、ただひとりの人間の意志ではなく、集団全員の決意にもとづいて行動するかのごとく思われる。そんなときにはだれひとりためらう者もない。そして、問題が平和に解決するか、集団行動が略奪、暴行、犯罪に終わるかは、そのときの運しだいである。そんなわけで人びとは、ミス・アメリアの店のベランダでおとなしく待っていたが、自分たちがどんな行動に出るか、わかっている者はひとりもなく、ただ待たなければいけないのだが、そのときは間近に迫っているということを心のなかで知っているだけであった。

さて、店の入口のドアは開いていた。店の内部は明るくて、いつもと変わった様子はなかった。左手には白身肉の塊や氷砂糖やタバコなどを入れたケースがあって、その後ろは塩づけの豚肉やトウモロコシ粉などの棚になっていた。店の右側はだいたい農器具の類がいっぱい並んでいた。店の奥の左手には階段に通じるドアがあって、これも開いていた。ずっと右手にはもうひとつドアがあって、ミス・アメリアが事務室と呼ぶ小さな部屋に通じていた。このドアもやはり開いていた。その晩の八時には、ミス・アメリアが巻き上げ蓋式（ロールトップ）の机に向かって腰をかけ、何枚かの紙に万年筆で計算している姿が見られた。

事務室のなかは明るく照らされており、ミス・アメリアはベランダにいる町民の代表団には気がつかないようであった。彼女のまわりはすべて、いつものようにきちんと整理されていた。この事務室は恐るべきものとしてその地方全体に知れわたっていた。ミス・アメリアがすべての事務をかたづけるのはここであった。机の上にはていねいにカバーをかけたタイプライターがあって、彼女はその扱い方を知っていたが、きわめて重要な書類のときだけしか使わなかった。引き出しには文字どおり何千枚の書類が、すべてアルファベット順に分類して収めてあった。またミス・アメリアは病気を治すのが好きで、医者のまねごともだいぶやっていたので、この事務室は彼女の診療室をも兼ねていた。ふたつの棚いっぱいに、瓶類その他の道具一式が詰まっていた。壁のところには患者のすわるベンチが置いてあった。彼女は、化膿しないように火に通した針を使って傷口を縫い合わせることができた。火傷(やけど)の治療には冷やした甘いシロップを用いた。どこが悪いのかわからない病気には、あやしげな処方をもとに彼女自身の調合したさまざまな薬品がいくらでも用意してあった。急速に通じをつけるのにとても効果的な薬があったが、はげしい痙攣(けいれん)を起こすので小さい子どもには与えられなかった。子ども用にはまったく別の、効き目がおだやかで甘い味のついた水薬があった。まず、だいたいのところ、彼女はうまい医者と考えられていた。彼女の手は大きくて骨ばっていたが、不思議とそれが軽やかに動くのであった。彼女は豊かな想像力を持っていて、何百という違った治療法を使い分けた。きわめて危険で、めったにやらない治療法を手がけるときでも、彼女はためらうことがなく、どんな恐ろしい病気でも、なんとか治してやろうと取りかかるのであった。この場合にひとつだけ例外があった。婦人病の患者がやってきたときは、彼女もお手上げであった。それどころか、婦人病という言葉を聞いただけで、彼女の顔は羞恥(しゅうち)の念で次第に暗くなり、まるで恥をかいて口がきけなくなった大きな子どもみたいに、首を伸ばしてワイシャツの襟(えり)に押しつけたり、沼地用の長靴をこすり合わせたりして、その場に立ちつくすのであった。しかし、それ以外の点では人びとは彼女を信頼していた。彼女は治療代を一文も取らないので、いつも患者がわんさと押しかけた。

さてその日の晩、ミス・アメリアはしきりと万年筆を走らせて仕事をしていた。しかし、それにしても、外の暗いベランダに集まって、彼女のほうを見つめながら待っている人の群れに、いつまでも気がつかないというわけにはいかなかった。ときどき彼女は顔を上げると、じっと彼らのほうを見た。しかし彼女は、彼らに向かって大声で、なんだっておまえたちはみっともない、きょろきょろと、ひとの家のまわりをうろついているんだい、とどなったりはしなかった。事務室で机に向かっているときはいつもそうなのだが、彼女の顔は自信にみちたきびしい表情を浮かべていた。しばらくすると、彼らがそうやってのぞきこむのをうるさく思ったらしく、赤いハンカチで頬をぬぐい、立ち上がって、事務室のドアをしめた。

さあ、ベランダで待っていた連中にとっては、この動作がひとつの合図となった。そのときが来たのだ。彼らは、暗い夜の戸外のきびしい寒気を背中に受けて、長いあいだ立ちつくしていた。もう待ちくたびれた、と思ったその瞬間に、彼らの行動の本能が目ざめた。まるでひとつの意志に動かされるように、いっせいに彼らは店のなかにどやどや入ってきた。そのときの八人の様子はお互いにそっくりで——みんな青い作業ズボンをはき、ほとんどの者が白髪まじりで、みんな顔が青白く、どの目も夢見る人のように一点を見つめていた。こんな連中がどんな行動にでるか、わかったものではない。ところがその瞬間、階段のてっぺんで物音がした。見上げた男たちは衝撃のため茫然と立ちつくした。それは、彼らの頭のなかですでに殺されたはずの人物であった。のみならず、男の姿は、彼らが想像に描いていたものとは似ても似つかなかった——この世にただひとりでよるべのない、あわれにも薄汚いおしゃべりの小男ではなかった。事実、彼は、八人のうちだれもそれまで見たことのないような姿をしていた。部屋中が、水を打ったように静まり返った。

男は、この家の物は竈（かまど）の下の灰までおれのものだという尊大な態度で、ゆっくりと降りてきた。彼は、ここ数日のあいだにすっかり変わっていた。第一に、びっくりするほど清潔になっていた。まだ例の短いコートは着ていたが、すっかりブラシをかけ、ほころびもきちんとつくろってあった。その下にはミス・アメリアの、おろしたての、赤と黒のチェックのシャツを着こんでいた。ズボンは普通の男がよくはくものとちがって、ぴったり合った膝までの半ズボンであった。やせた足には黒い長靴下をはいていた。靴も普通のとはちがった種類の、奇妙な形をした、足首の上まで編み上げるもので、ワックスできれいに磨きあげたばかりであった。首のまわりには、大きな青白い耳がほとんど全部隠れるくらい、黄緑（ライム・グリーン）色のウールのショールを巻きつけて、そのふさ飾りがもう少しで床につきそうに垂れていた。

男は、えらそうに、ぎごちない、ちょこまかした歩き方で店のなかへ進んでくると、すでに店内へ入っていた人たちのまんなかに立った。彼らは男のまわりに場所をあけ、両手をだらっと垂らし、目を大きく見開いたまま、じっと立って見ていた。彼自身は、変わったやり方であたりの様子を見定めた。彼は、自分の目の高さ、普通の人でいえばベルトのあたりだが、その高さから一人ひとりをじっと見つめた。それから彼は、各人の下半身——腰から靴の踵までを、見落としのないように慎重に調べた。やっと納得がゆくと、彼はしばらく目を閉じて、おれの見たところ、どれもこれもたいしたものはない、とでも言うように首を振った。それから、自信は持っているが、ただ念のため確かめるとでもいうように、首を後ろにまげて、光輪のように自分を取りかこんだ人びとの顔を、時間をかけてぐるっと見まわした。店の左側に肥料を半分つめた袋があったが、彼はそちらのほうに進路をとって、袋の上に腰をおろした。そして小さな足を組んで、心地よさそうに落ち着くと、コートのポケットからひとつの品物を取り出した。

さて、店にいる人びとが落ち着きを取り戻すまでには、ちょっと時間がかかった。その日うわさを広めた張本人は、例の三日熱のマーリー・ライアンであるが、これが最初に口を開いた。彼は、男がいじくっている品物に目をやると、低い声で尋ねた。

「そこに持ってなさるのはなんだね？」

男がいじっているのがなんであるか、だれもがよく知っていた。それはミス・アメリアの父親が所有していた嗅ぎタバコ入れだったからである。その嗅ぎタバコ入れは青いエナメル製で、蓋にきれいな金細工の飾りがついていた。みんなはそのことをよく知っていたのでびっくりした。彼らは閉まったままの事務室のドアのほうに注意深く目を向けたが、なかからはミス・アメリアがひとりで口笛を吹く低い音が聞こえるだけであった。

「いったいなんだね、ちびさん？」

男は急に顔を上げると、口をとがらせて言った。「なに、これはおせっかい屋をひっかける囮さね」

彼は、小さな指をちょこちょこ動かして、タバコ入れのなかからなにかをつまみ出してては食べていたが、まわりのだれにもひと口いかがとすすめはしなかった。彼が口に入れているのは本物の嗅ぎタバコではなくて、砂糖とココアを混ぜたものであった。しかし彼はこれを嗅ぎタバコのように扱って、ひとかたまりずつ下唇の裏に入れては、舌をぺろっと動かして上手になめ、そのたびに何回も顔をしかめるのであった。

「おれの口のなかの歯が、いつもすっぱい味がするんだ」彼は弁解するように言った。

「だからこういう甘い物を食べるんだ」

みんなはまだ、キツネにつままれたようにポカンとして、かたまっていた。この感情はついに消え去ることはなかったが、しかしまもなく別の感情によって柔らげられた——部屋中に親密な空気と、お祭り気分みたいなものが広がった。ところで、その晩そこに集まっていた連中の名前は次のごとくである——ヘイスティー・マローン、ロバート・カルバート・ヘイル、マーリー・ライアン、T・M・ウィリン牧師、ロサー・クライン、リップ・ウェルボーン、ヘンリー・クリンプ、ホレス・ウェルズ。ウィリン牧師は別として、彼らは、前にも言ったように、多くの点で似ていた――みんななにかしらに楽しみを見いだし、みんななにかしらで泣いて苦しみ、よほど腹の立つことでもなければみんなおとなしかった。みんな紡績工場で働き、月十ドルか十二ドルの家賃で、二間か三間の家に他人といっしょに住んでいた。土曜日だったので、その日の午後みんな給料をもらっていた。そんなわけで、しばらくはこの連中をひとまとめにして考えることにしよう。

しかしながら、男はすでに頭のなかでこの連中を分類していた。いったん親しい雰囲気ができ上がると、彼はみんなと世間話をはじめ、もう結婚しているかとか、年はいくつだとか、週給は平均していくらになるかとか、そんなことを尋ね――やがて、もっと思いきって個人的な質問をしながら、ゆっくり歩いてまわった。まもなく人びとが町からやってきて、この連中の仲間に加わった。ヘンリー・メイシーもいたし、なにか異常な気配を察した怠け者たちもいた。まだぐずぐず残っている亭主どもを連れ戻しにきた女たちもいた。その騒ぎにまぎれて店へ忍び込み、動物ビスケットをひと箱失敬して、音もなく逃げ去った、亜麻色の髪の子どもさえいた。こうしてミス・

アメリアの店のなかは、まもなく客でごったがえしたが、それでも肝心の女主人公は、まだ事務室のドアを開けようとしなかった。

世のなかには、他の、もっと平凡な人間とはっきり区別できるような性質を持った、特別なタイプの人がいるものである。そういう人は、普通は小さい子どもにしか見られないような本能、つまり、自分と世のなかのすべての物とのあいだに、たちまち深いつながりをつけてしまうような本能を持っている。疑いもなく男はこのタイプの人間であった。彼はこの店に入って三十分もたたないうちに、そこにいる一人ひとりとのあいだにつながりをつけてしまった。まるでこの町に長年住んでいる有名な人物で、毎晩のようにその肥料の袋に腰をおろしておしゃべりしているみたいであった。これに加えて、それがちょうど土曜日の晩であったということを考えあわせれば、はめをはずした自由な空気が店のなかにあふれていた理由が説明できよう。そこにはまた一種の緊張が感じられたが、それはひとつには奇妙な状況のためであり、またひとつには、まだミス・アメリアが事務室のなかに閉じこもったきりで、依然として姿を見せていないためでもあった。

彼女が姿を現わしたのはその晩の十時であった。しかし、彼女の出現とともになにかのドラマを期待していた人びとは失望した。彼女はドアを開けると、例の、ゆっくりした、長い足をゆするような歩き方で入ってきた。鼻の片側にインクがひと筋ついていた。首のまわりには赤いハンカチを巻いていた。彼女は、ふだんと変わった様子に何も気づいていないようであった。灰色の斜視の目を男がすわっていた場所のほうへ向けると、しばらくそこをじっと見つめていた。店につめかけた他の連中に対しては、ただ穏やかな驚きの目で見ているだけであった。

「だれか飲みたいお方は？」彼女は静かに尋ねた。

土曜日の晩だったので、客が何人も来ていて、彼らはみな酒を求めた。さてミス・アメリアは、つい三日前に古い酒樽をひとつさがし出して、醸造所のそばでそれを瓶に詰めかえてあった。この日の晩、彼女は客から代金を受け取ると、明るいランプの下で勘定した。これがいつものやり方であった。ところがその後で起こったことは、いつもとはちがっていた。それまではいつも、暗い裏庭へ回ることになっていて、そこで彼女は、台所の入口から酒瓶を手渡すならわしであった。この取り引きには喜びの感情はまったくまじらなかった。酒を受け取ったあと、客は夜空のなかへ歩いていくのであった。ただ、かみさんが家で飲ませてくれない場合は、店のベランダまでぐるっと戻って、そこで、または往来でいくらでも飲むことを許された。さて、ベランダも、そのすぐ前の通りもミス・アメリアの所有地で、これはたしかにそのとおりであったが――しかし彼女はそこを自分の領地とは考えていなかった。彼女の領分は表のドアに始まって、建物の内部すべてを含むのであった。この領分のなかでは、彼女以外のだれにも、酒瓶の口をあけることも、飲むことも決して許さなかった。ところが、今はじめて、彼女はそのおきてを破った。彼女は、すぐ後に男を従えて台所へ行くと、暖かい明るい店のなかに酒瓶を運んできた。そればかりか、彼女は何個かグラスを用意し、ビスケットを二箱開けると、皿に盛りつけてカウンターにならべ、食べたい者はだれでも自由に取って食べられるようにした。

彼女は、男以外はだれとも口をきかなかったが、男には、ちょっと乱暴なしゃがれ声で、「ストレートにしようか、それとも鍋に水とまぜてストーブで温めようか」とだけ尋ねた。

「そうだね、アメリア」男は言った。(今までにいったいだれが、敬称もつけずにミス・アメリアを名前だけで呼びすてにしたことがあっただろうか？――もちろん、彼女の花婿であり、十日間の夫であった男もそんなことはしなかった。彼女の父は、なぜかいつも彼女のことをおちびさんと呼んでいたが、その父が死んで以来、実際、彼女に対してそんな馴れ馴れしい呼び方をした者はひとりもいなかった)「そうだね、温めてもらおうか」

じつは、これが酒場のはじまりであった。まことに簡単きわまる話だ。前にも言ったが、それは冬のように陰鬱な晩なので、外の地面にすわって飲んでいたら、祝い酒といっても意気あがらなかったであろう。しかし室内は人がいて、心地よい暖かさにあふれていた。だれかが部屋の奥にあるストーブの火をかきたて、酒瓶をたずさえた連中は仲間と盃(さかずき)を交わした。女も何人か来ていて、甘草(かんぞう)のきれっぱしをしゃぶったり、ジュースを飲んだり、なかにはウイスキーをあおる者さえいた。男の存在はまだもの珍しく、みんなを楽しませていた。事務室のベンチが、あと数脚の余分の椅子といっしょに運びこまれた。ほかの人たちは、カウンターによりかかったり、樽や袋を椅子のかわりにしたりしていた。店内で大っぴらに酒を飲んだからといって、部屋の空気がざわついたり、下品な笑い声が洩れたりすることはなく、その他みっともないふるまいをする者はだれもいなかった。それどころか、一座の人びとは、いささか小心すぎるといってもいいくらいおとなしかった。それはこの町の人たちが、楽しむ目的で集まるという習慣にまだ馴れていなかったためである。工場に集まるのは仕事のためであった。日曜日には一日つぶしてキャンプ・ミーティング(野外の宗教的集会)が開かれることがあったが――これも楽しみが目的とはいうものの、集会全体の目的は、地獄の恐ろしいありさまをしっかり頭にたたきこみ、神様に対する畏怖の念を強く心に刻みつけることにあった。ところが酒場の精神はこれとはまったくちがったものである。酒場らしい酒場へ来れば、どんなに金があって、欲の皮のつっぱった強つくばりでも、行ないをつつしんで、他人を侮辱するようなことはしない。貧乏な連中も、感謝の気持ちであたりを見まわし、上品につつましく塩をつまむのである。それは、まともな酒場の雰囲気には、親愛の情とか、口腹の満足とか、快活で品のよい動作とかいう性格がそなわっているからである。その晩ミス・アメリアの店に集まった連中に、だれもこんなことを言ってきかせたわけではない。しかし彼らは、それまでこの町に酒場など、もちろん全然なかったにもかかわらず、そのことを自分でちゃんと心得ていた。

　さて、これらのできごとすべての張本人ともいうべきミス・アメリアは、その晩ほとんどずっと、台所へ通じる戸口に立っていた。外見上は、彼女には少しも変わった様子はなかった。しかし、彼女の表情に注目している人間が大勢いた。彼女は室内の全体の様子に注意してはいたが、しかし彼女の目はたいていは男のほうにさびしげに向けられていた。男は、嗅ぎタバコ入れのなかのものを食べながら、不機嫌そうな、かと思うとまた愛想のよい物腰で、いばって歩きまわっていた。ミス・アメリアの立っているところには、ストーブのひび割れから洩れた光があたって、彼女の褐色の長い顔がいくらか輝きを増していた。彼女の視線は心のなかに向けられているように見えた。彼女の表情には、苦痛と当惑と不安な喜びとが混じっているように思われた。口はいつものように固く閉じていないで、何回も唾を飲みこんだ。肌は青ざめ、なにも持っていない大きな手には汗がにじんでいた。つまり、その夜の彼女の顔つきは、恋する者の孤独な顔であった。

こうして始まった酒場の第一夜は真夜中に終わった。だれもがほかのみんなに親しげに別れを告げた。ミス・アメリアは家の入口のドアを閉めたが、錠を下ろすのを忘れた。まもなくすべてが——店が三軒あるメイン・ストリートも、工場も、家々も——暗黒と沈黙に包まれた。かくして、見知らぬ男が到着し、安息日らしからぬ休日が過ぎ、酒場が開店した、その三日三晩は終わった。

ここで先を急がなければならない。次の四年間はだいたい似たようなものだからである。大きな変化はあるけれども、これらの変化は少しずつ、それ自体は重要と思われないような、ささいな事柄の積み重ねによって生じるものである。男はミス・アメリアとの同棲を続けた。酒場は徐々に商売を拡張した。ミス・アメリアは酒を瓶で売るだけでなく、店で飲ませるようになり、いくつかのテーブルが店内におかれた。毎晩客がやってきて、土曜日にはたいへんな人ごみになった。ミス・アメリアは、ナマズのフライの夜食を一皿四十五セントで出しはじめた。男は彼女にせびって、上等の自動ピアノを買ってもらった。二年もたたないうちに、ここはもう店ではなくて、毎晩六時から十二時まで営業する、本式の酒場に変わっていた。

毎晩、男は、えらそうにふんぞりかえって階段を下りてきた。ミス・アメリアは彼に力をつけようとして、朝に晩に菜っぱ(ポットリカー)の煮汁でマッサージをしていたので、いつも彼の体は、ちょっとカブラのような青くさいにおいがした。彼女は男を、目にあまるくらい大事にしてやっていたが、何をしても力がつかないようで、いくら食べても瘤(こぶ)と頭が大きくなるばかり、体の他の部分は弱々しく、ねじれたままであった。ミス・アメリアは、見たところ以前と変わらなかった。ウイークデーのあいだはまだ沼地用の長靴と作業ズボンをはいていたが、日曜日になると、暗赤色のドレスをまとい、それがじつに妙な具合に体からたれ下がっていた。しかし彼女の習慣や生活態度には非常な変化が見られた。はげしく法廷で争うことはやはり好きであったが、前ほどすぐに仲間をだましたり、苛酷に借金を取り立てたりするようなことはしなくなった。男がひどく社交的なためか、彼女まで少しは出歩くようになって——伝道集会だの葬式だのに顔を出すことがあった。医者商売は相変わらず繁盛していたし、ウイスキーの品質もいやが上にも良くなった。肝心の酒場も利益があがり、この近辺でたったひとつの娯楽の場所になっていた。

そこで、しばらくの間は、この何年かの出来事を、思いつくままにばらばらの角度から見ることにしよう。たとえば、太陽が赤い冬の朝、男がミス・アメリアの後について、ふたりして松林へ狩りに出かけるところを見るがよい。また、ふたりして彼女の所有地で働いているとき――いとこのライマンはそばに立ったまま自分ではなにもしないくせに、小作人のだれかがちょっとでも怠けていると、すぐに指さして注意するところを見るがよい。秋の日の午後には、ふたりは裏口の階段に腰をおろしてサトウキビをきざんだ。日ざしの強い夏の日には、暗緑色の糸杉が茂り、水辺の木々の枝のからまった下がものうい暗がりになっている沼地の奥で、ふたりいっしょに時を過ごした。沼地を通り、黒ずんだ水の流れを横切る小道では、ミス・アメリアがかがみこんで、いとこのライマンを背中に這い上がらせているところを見るがよい――また、肩車に乗った男が、彼女の両方の耳や広い額にしがみつくのをそのまま背負って、水のなかを歩いて進むミス・アメリアを見るがよい。ときには彼女は、自分の買ったフォードのエンジンをかけて、チーホーの町の映画館に、あるいはどこか遠くの村祭りや闘鶏を見に、いとこのライマンをつれてゆくこともあった。男は、こうした興行物を見ると夢中になって喜んだ。もちろんふたりは毎朝酒場に姿を現わし、また、二階の居間の暖炉のそばで何時間もいっしょにすわっていることがよくあった。それは、男が夜になると元気がなくなって、横になって暗闇を見つめるのをこわがるからであった。彼は死をひどく恐れていた。そこでミス・アメリアは、彼がひとりぽっちで、この恐怖に悩まされることのないようにと心をくばった。酒場が次第に大きくなったというのも、その原因は主にこれにあったとさえ考えられよう。酒場は彼に話し相手と気晴らしを与えるものであり、そのおかげで彼は夜を過ごすことができたのである。こうして、これらの断片的映像をよせ集めれば、この何年かの出来事の全体像ができあがる。しばらくはそれをそのままにしておくとしよう。

さて、このようなふるまいについての説明が必要であろう。愛について語るべきときがきた。ミス・アメリアはいとこのライマンを愛していたのだ。それだけはだれの目にも明らかであった。ふたりは同じ家に寝起きして、離れるということがなかった。そこで、ミセス・マックフェイルによれば――これは、表の居間の家具を年中あちこちと移動している、鼻に疣（いぼ）のあるうるさがたのおばあちゃんであるが――この奥さんとあと数名の説によれば、このふたりは人倫にはずれた生活をしているのであった。血のつながりがあるといっても、いとこともまたいとこともつかぬ間柄であり、それすらも証明のしようがないものであった。さて、ミス・アメリアは、身長一八〇センチを越す、鉄砲みたいに力持ちの人間であり――いとこのライマンといえば、彼女の腰にやっと届くほどの、へなへなの、ちびであった。しかしこれも、ミセス・スタンピー・マックフェイルとその仲間にとってはますます好都合な材料で、こういう手合いは、不釣り合いでかわいそうな男女の結合を見ると大喜びするのである。こういう連中にはとやかく言ってもむだである。このご親切な女たちは、あのふたりがお互いに肉欲を満足させているとしても、それはご当人と神様だけの問題であると考えていた。道理をわきまえた人びとは、この臆測に対してはみんな意見が一致していて――その答えは文句なしの明白な否定であった。とすれば、この愛はいったいどういう種類のものであったのか？

まず第一に、愛とはふたりの人間の共同体験である――しかし、共同体験であるからといって、それが当事者のふたりにとって似たような体験であるとはかぎらない。愛する者があり、愛される者があるわけだが、このふたりは、いわば別の国の人間である。多くの場合、愛される者は、それまで長いあいだ愛する者の心のなかに、ひそかに蓄積されていた愛を爆発させる起爆剤にすぎないことがある。そして、なぜかすべての愛する人はこのことを知っている。愛する人は魂の奥底で、自分の愛が孤独なものであることを知っている。彼は、新しい、未知の孤独を知るようになり、これを知ることによって悩むのである。そこで、愛する者のすべきことはたったひとつしかない。彼は自分の愛を、できるだけうまく自分のなかに包み込まなければならない。彼は自分のために完全な新しい内的世界を創造しなければならない——それは緊張した未知の世界であり、彼の内部で完成する世界である。ここでひとこと付け加えておきたいが、今われわれが話題にしている愛する人というのは、必ずしも結婚指輪を買おうと金を貯めている若い男であるとは限らない——この愛する人は男でも女でも子どもでも、いや、この地上に住むどの人間でもかまわないのである。

さて、愛される者もまた、どんな種類の人間であってもかまわない。奇怪きわまる人間であろうとも、愛の起爆剤となりうるのである。よたよたの曽おじいさんでも、二十年前のある日の午後、チーホーの通りで見かけた見知らぬただの小娘を、いまでも愛しているかもしれない。牧師が堕落した女を愛することもある。愛される者は、嘘つきで、汚い髪の、悪事の常習者であってもかまわない。いや、愛する者自身がこのことに、ほかのだれよりはっきり気がついていても——そんなことはその人の愛の成長に、ちっとも影響を与えるものではない。どんな凡俗な人間でも、沼地の毒ユリのような、激しい、強い、美しい愛の対象となりうるのだ。善良な人が、狂った堕落した愛の原因になることもあるだろうし、たわごとをわめく狂人が、ある人の魂をゆすぶって、やさしい素朴な牧歌を歌い出させるかもしれない。こういうわけで、すべての愛の価値と品質は、もっぱら愛する者自身によって決定されるのである。

このことがあるために、われわれのほとんどすべてが、愛されるよりは愛することを望むのである。ほとんどだれでもが愛する者になりたがる。本当のことをはっきり言ってしまえば、愛されているという状態は、多くの人にとって耐えがたいものである。愛される者は愛する者を恐れ憎むが、これもまったく無理からぬことだ。なぜならば、愛する者はたえず愛される者の衣をはいで裸にしようとするからである。愛する者は愛される者を相手に、ありとあらゆる関係を持とうと熱望する。たとえその経験が愛される者には苦痛しかもたらさないとしても。

ミス・アメリアに一度だけ結婚の経験があることは前に話した。その奇妙な事情についても、今ここで説明しておいたほうがよかろう。忘れないでほしいのは、これはすべてずっと昔の出来事であり、男がやってくる前のミス・アメリアの、この愛という現象との、たった一回の個人的接触だったということである。

そのころの町の様子は今と変わらないが、ただ、今は三軒ある店が当時は二軒だけだったことと、道路沿いの桃の木が、今よりはもっとねじれて小さかったことだけがちがう。そのころミス・アメリアは十九歳で、父が亡くなってからもう何カ月もたっていた。当時、町にマーヴィン・メイシーという織機の修理工がいた。彼はヘンリー・メイシーの兄であったが、どう見てもこのふたりに血のつながりがあるようには思われなかった。というのは、マーヴィン・メイシーはこの地方きっての美男子で、身長は一八五センチ、筋骨たくましく、とろんとした灰色の目と巻き毛の髪を持っていたからである。いい給料をとって金まわりもよく、後ろ蓋を開けると滝の絵が出てくる金時計を持っていた。外から世俗的な目で見れば、マーヴィン・メイシーは運のいい男で、だれにもペコペコ頭を下げる必要もなく、欲しい物はいつでも手に入れることができた。しかし、もっとまじめによく考えて判断すると、マーヴィン・メイシーはうらやむべき人間ではなかった。というのは彼は悪人だったからである。彼の評判の悪さは、この地方のどの若者にもまさるとも劣らなかった。まだ少年のころ、剃刀（かみそり）を持って大人と喧嘩して相手を殺し、その耳をそいで乾かして塩づけにしたのを、何年も持ち歩いていた。彼は、ただ面白いからというだけで、松林にいるリスの尻尾を切り落とし、左の尻ポケットには、希望を失って自殺を考えている人たちを誘惑するために、禁制品のマリファナタバコを入れて持っていた。ところが、これほど悪い評判が広まっているにもかかわらず、彼はこの地方の多くの女たちにしたわれていた。そのころ、きれいな髪とやさしい目を持ち、ふっくらとかわいらしいお尻をして、物腰のチャーミングな若い娘が何人かいたが、こうしたおとなしい娘たちを彼は堕落させ辱めた。ところが、やがて二十二歳になったとき、このマーヴィン・メイシーがミス・アメリアを相手に選んだ。あの孤独な、ひょろ長い、おかしな目をした娘が、彼のあこがれの的となったのである。それも、財産目あての求婚ではなくて、ただひとすじに愛情から出たものであった。

そして愛情がマーヴィン・メイシーを変身させた。ミス・アメリアを愛するようになる以前の彼は、はたして心とか魂とかを持っているかどうか疑われるような人間であった。しかし、彼が浅ましい性格の持ち主になったのには少しわけがあって、それは彼が人生の出発点においてつらい目にあったからであった。彼は、とても親とは呼べないような人間の、望まれざる七人の子のひとりとして生まれた。この両親というのは、好んで沼のあたりをうろついて魚をとる、若いならず者であった。ほとんど毎年のように子どもを生みながら、自分の子どもが彼らにとっては厄介なお荷物にすぎなかった。毎晩、工場から帰ってくると、彼らは子どもを、どこのどいつだというような目つきで見た。泣けばすぐにぶたれるので、子どもたちがこの世に生まれて最初に習いおぼえたことは、部屋のいちばん暗い隅にひっこんで、できるだけ見えないようにに身を隠すことであった。子どもといっても、小さな白髪の幽霊のようにやせ細り、自分たち同士ですら口をきかなかった。しまいには、両親から完全に捨てられて、町の人のなさけにすがらなければならなくなった。きびしい冬で、工場は三カ月近くも閉鎖され、いたるところでみじめな光景が見られた。しかしここは、目の前で白人の孤児が路頭に迷って餓死するのを放置しておくような町ではなかった。その結果、こういうことになった。長男は八歳だったが、チーホーの町まで歩いていったあと、姿を消した――たぶんどこかで貨物列車に乗って、だれも知らない広い世界へ出ていったのであろう。あとの三人は町で養うことになって、台所から台所へとたらいまわしにされたが、虚弱な体質だったので、復活祭が来ないうちに死んでしまった。最後のふたりがマーヴィン・メイシーとヘンリー・メイシーで、彼らはある家庭に引きとられた。この町にミセス・メアリー・ヘイルというやさしい婦人がいて、この人がマーヴィン・メイシーとヘンリー・メイシーを引きとって、自分の子ども同様にかわいがった。ふたりはこの婦人の家庭で養われ、手厚いもてなしを受けた。

　しかし、小さな子どもの心というものは傷つきやすい器で、人生のはじめにむごい目にあわされると、その心は奇妙な形にゆがむことがある。傷ついた子どもの心は萎縮（しゅく）して、それ以後いつまでたっても、桃の種のように固くて穴だらけになることがある。あるいはまた、そういう子どもの心は化膿して腫（は）れ上がり、ちょっとした、なんでもないことにも傷ついて破れやすく、そんな心を体内に宿して歩くのが苦痛になってくる。これがヘンリー・メイシーの身の上に起こったことで、この男は兄と正反対の、町じゅうでもっともやさしい、おとなしい人間であった。彼は自分でかせいだ賃金を、不幸な人びとに貸してやった。また昔は、土曜日の晩に親が酒場に来ているあいだ、その子どもたちの面倒を見てやった。しかし彼は内気な人間で、見るからに病める心を抱いて悩む人という感じがした。ところがマーヴィン・メイシーのほうは、成長して大胆不敵、かつ残忍な男になった。彼の心は悪魔の角（つの）のように硬化して、ミス・アメリアを愛するようになるまでの彼は、弟と、彼を育ててくれたやさしい婦人に、恥辱と災難のほかはなにももたらさなかった。

ところが、愛がマーヴィン・メイシーの性格を転換させた。二年間も彼はミス・アメリアに愛情を抱いていたが、口に出してはっきりそうと言わなかった。彼は微かに灰色がかった目にやさしさと恋慕の情をこめ、帽子を片手に持って、彼女の家の戸口によく立っていた。彼は完全に行ないを改めていた。弟や養母にやさしくし、賃金を貯めて倹約することをおぼえていた。それのみならず、神に向かって手を差しのべるようになった。日曜日は一日じゅう、表のベランダの床にごろごろして、歌ったりギターをひいたりしていたのも、もはややめて、そのかわり教会の礼拝に出席し、あらゆる宗教集会に顔を出した。行儀も正しくなって、婦人には立ち上がって席をゆずるようなくせをつけ、悪態をついたり、喧嘩したり、みだりに神の名を口にしたりすることをやめた。こうして二年のあいだに彼は変身をとげ、あらゆる点で性格を向上させた。そうして二年がたったある日の夕方、彼は、沼地の花の一束と、チタリンのひと袋と、銀の指輪一個を持ってミス・アメリアのもとを訪れ――その晩、マーヴィン・メイシーは求婚の意志表示をした。

そしてミス・アメリアは彼と結婚した。後になって、すべての人がその理由に首をかしげた。なかには、彼女は結婚の贈り物が欲しかったのだと言う者もいた。また、チーホーに住むミス・アメリアの大伯母というのがすごいばあさんで、これにやいやい言われて結婚したのだと思いこんでいる人たちもいた。とにかく彼女は、死んだ母親の黄色い繻子(しゅす)の花嫁衣装で、彼女には少なくとも三十センチは短すぎるのを着て、教会の通路を大股ですたすた歩いた。それは冬の午後で、教会のルビー色の窓から明るい日ざしがそそいで、祭壇の前のふたりに奇妙な光を投げかけた。結婚証明書が読み上げられているあいだ、ミス・アメリアはおかしな身ぶりをしつづけていた――つまり、繻子の花嫁衣装の横に右手の手のひらをあててこすりつづけていた。それはいつものくせで、作業ズボンのポケットをさぐっていたのであって、それが見つからないので彼女の顔には、いらだちと退屈と憤懣の表情が浮かんだ。やっと証明書の朗読が終わり、結婚のお祈りもすむと、ミス・アメリアは、夫の腕を持とうともせず、夫より少なくとも二歩は先に立って、さっさと教会から出ていってしまった。

教会は彼女の店から目と鼻のところにあったので、花嫁と花婿は歩いて帰った。うわさでは、ミス・アメリアは、その途中、彼女がある農夫との間でまとめた、薪についての商談のことを話しはじめたそうである。事実、彼女は、酒を買いに店へやってくる客を扱うのと、まったく同じ態度で花婿を取り扱った。しかし、しばらくの間は万事順調に進行していて、町の人びとは満足していた。この愛がマーヴィン・メイシーにおよぼした作用を目にした町の人びとは、それが花嫁をも改心させることを期待していたからである。少なくとも、人びとには、この結婚がミス・アメリアの気性をやわらげ、彼女の体に花嫁らしいふくらみがついて、やっと彼女が常識で理解できる女に変わってくれることをあてにしていた。

彼らのあてははずれた。その晩窓越しに様子をうかがっていた少年たちの言うところでは、真相は次のごとくであった。花嫁と花婿は、ミス・アメリアの炊事係のジェフという年とった黒人が準備した、すばらしいごちそうを食べた。花嫁はすべての料理をおかわりしたが、花婿はちょっと手をつけただけであった。それから花嫁は、いつもの日課どおりに——新聞を読んだり、店の商品の在庫をしらべたりした。しまりのない、まのぬけた、うれしそうな顔をして戸口のあたりをうろうろしている花婿には、目もくれなかった。十一時になると、花嫁はランプを手にして二階へ上がった。ここまでは万事まずまず順調であったが、そのあとはひどいことになった。

三十分もたたないうちに、ミス・アメリアは、半ズボンにカーキ色の上着という服装で、どんどんと階段を踏みながらおりてきた。真黒に見えるくらい顔色がくもっていた。彼女は台所のドアをバタンと閉めた上に、またそれを憎々しげに蹴とばした。それからやっと心を落ち着けた。火をかき立てると、腰をおろして、炊事用のストーブの上に両足をのせた。そして農民暦(ごよみ)を読みながら、コーヒーを飲み、父のパイプで一服した。こわばった、きびしい表情の顔の色は、今では生まれつきの白さに戻っていた。ときどき彼女は暦を読むのをやめては、参考になることを紙に書きとめた。夜明け近く、彼女は事務室に入っていくと、タイプライターのカバーをはずした。これは最近買ったばかりで、動かし方をやっと習いおぼえているところであった。新婚初夜のすべてを彼女はこのようにして過ごした。そして夜が明けると、まるでなにごとも起こらなかったかのように庭へ出ていって、ウサギ小屋を作る大工仕事を少しした。前の週からとりかかっている仕事で、出来上がったらどこかで売るつもりであった。花婿たる者が、花嫁を新床へつれてゆくことができず、しかもそれが町じゅうに知れわたっているとなれば、その立場はまことにみじめなものである。その日、マーヴィン・メイシーは、まだ結婚式の服装のままで、病人のような顔をして下りてきた。彼がどのようにしてその夜を過ごしたか、神のみぞ知る。彼は庭へ出て、ミス・アメリアの仕事ぶりを見ながら、しかし一定の距離をおいてうろうろしていた。それから昼ごろ、なにか思いついたらしく、ソサエティ・シティーに向かって出かけていった。彼は贈り物を持って帰った――オパールの指輪、そのころ流行のピンク色のエナメルのアクセサリー、ハート型の飾りがふたつついた銀の腕輪、それに二ドル半もするキャンデーの箱などであった。ミス・アメリアは、これらの上等の贈り物を見わたし、キャンデーの箱を開いた。空腹だったからである。その他の贈り物は、どのくらいの値段になるか、抜け目なく急いで計算すると――売り物をならべたケースのなかに入れた。その晩も前の晩とだいたい同じようにして過ぎた――ちがっているのは、ミス・アメリアが羽根布団を持ち出して、台所のストーブのそばに簡単な寝床を作ったことで、そこで彼女はぐっすり眠った。

　このようにして三日間が過ぎた。ミス・アメリアはいつものように仕事で忙しく、道路を十六キロばかり行ったところに橋がかかる予定だといううわさ話に非常な興味を示していた。マーヴィン・メイシーは、依然として彼女のあとについて家のなかをうろうろしていたが、内心の苦悩は表情に明らかであった。そして新婚四日目に彼は、じつにまぬけなことをやってのけた。チーホーへ行って弁護士をつれて帰ると、ミス・アメリアの事務室で、彼の現世の全財産を彼女に譲る書類に署名をしたのである。その全財産というのは、彼が貯めた金で買ってあった四万平方メートルの森林であった。彼女は、どこかにたくらみがないか確かめるように、きびしい顔をして書類を検討してから、平然としてそれを自分の机の引き出しにしまいこんだ。その日の午後、マーヴィン・メイシーは、ウイスキーの大瓶を一本持ち出すと、まだ日が照っている時刻に、それを持ってひとりで沼地へ出かけていった。そして夕方に酔っぱらって戻ってくると、うるんだ目を大きく見開いてミス・アメリアのそばに近づき、その肩に手をかけた。彼女になにか言おうとしたのだが、まだ口を開かないうちに、彼女の拳が一回空（くう）を切って彼の顔をしたたか打ったので、彼は投げとばされて壁にぶつかり、その拍子に前歯が一本折れた。

　この一件のその後の成り行きは、ごく概略を述べれば足りる。この最初の一撃をくらわせた後も、ミス・アメリアは、彼が彼女の手の届くところまで近よってきたときはいつでも、また彼が酔っぱらったときはいつでも、彼をはり倒した。しまいには彼女の家から完全に追い出されて、彼は苦悩の姿を衆目にさらさなければならなくなった。昼間のうち、彼は、ミス・アメリアの所有地の境界線のすぐ外をうろつき、ときには、やつれた、狂人のような顔つきで、ライフル銃を持ち出すと、そこにすわって手入れをしながら、ミス・アメリアのほうをじっと見つめていることがあった。彼女は、恐れていたとしても、それを外には表わさず、その顔はいっそうきびしさを加え、何回も地面に唾を吐いた。彼の最後のおろかな行為は、ある晩彼女の店の窓から忍びこみ、なんの目的もなしに、ただ暗闇のなかにすわっていたことで、やがて翌朝になって彼女は階段を下りてきた。このかたをつけるため、ミス・アメリアは、すぐにチーホーにある役所に向かって出発した。家宅侵入の罪で彼を刑務所に閉じこめることができるかもしれない、という考えがあってのことだった。その日、マーヴィン・メイシーは町から出ていったが、だれも彼が立ち去るところを見た人もなければ、いったいどこへ行ったのか知る人もなかった。立ち去る前に、彼は、半分は鉛筆で、半分はインクで書いた長い奇妙な手紙を、ミス・アメリアのドアの下においていった。それははげしい口調のラブレターであったが——しかしそのなかには脅迫も含まれていて、死ぬまでには必ず仕返しをすると誓っていた。彼の結婚生活は十日間続いただけであった。そして町の人びとは、だれかが無法なひどい手段で徹底的にやっつけられるのを見るときに感じる、特別な満足感を味わったのであった。

マーヴィン・メイシーの全財産──森林も、金メッキの時計も──持っていたものはすべてミス・アメリアの手に残された。しかし彼女は、これらの品をべつに大切に思ってはいないようで、彼のクー・クラックス・クランのガウンなどは、その年の春に切り裂いてタバコの苗木のカバーにしてしまった。結局、彼のしたことと言えば、彼女をいっそう金持ちにしたことと、彼女に愛をささげたことだけであった。しかし奇妙なことに、彼女は彼のことを、ひどく悪意に満ちた、憎々しげな口調でしか語らなかった。一度として彼のことを名前で呼んだことはなく、いつも軽蔑したように「あたしが結婚したあの織機(はた)直し」という呼び方をしていた。

しばらくして、マーヴィン・メイシーについての恐ろしいうわさが町に伝わると、ミス・アメリアは非常に喜んだ。マーヴィン・メイシーは、いったん彼女への愛情の束縛から解放されると、やがてその本性を現わしたからである。彼は、州内の新聞のすべてに写真と名前が出るような犯罪者となった。彼は銃身の短い散弾銃をもって、三軒のガソリンスタンドで強盗をはたらき、ソサエティ・シティーのスーパーマーケットに押し入った。彼はまた、スリット・アイ（細目の）・サムのサムという有名なハイジャック常習犯を殺害した嫌疑をかけられていた。こうした犯罪のすべてにからんでマーヴィン・メイシーという名が出てくるので、彼の悪党ぶりは多くの国でも有名になった。しかしついに彼は司直の手にとらえられた。旅行者の小屋に酔っぱらって寝ていたのだが、そばにギターがおいてあって、右の靴のなかに五十七ドルの金を隠していた。裁判にかけられて判決を受け、アトランタ市の近くの刑務所に送られた。ミス・アメリアは心から満足した。

さて、これはすべて遠い昔の出来事で、それはミス・アメリアの結婚の物語である。町の人びとは長いあいだ、この奇怪な出来事を笑い話のたねにした。しかしこの愛の物語の表面的な事実は、まことに悲しくもまた滑稽なものであるとはいいながら、本当の物語は愛した人自身の魂のなかで起こったことである、ということを忘れてはならない。とすれば、この場合ばかりでなく、ほかのどんな愛においても、神ならぬ身のだれが最後の審判を下すことができようか？　酒場が開かれたいちばん最初の晩でさえも、何マイルも遠く離れた、暗い刑務所に閉じこめられている、この失意の花婿のことを、突然思い出した人がいくらかいた。そしてその後の年月のあいだも、マーヴィン・メイシーはこの町で完全に忘れ去られたわけではなかった。ミス・アメリアやいとこのライマンの面前では、彼の名前は決して口に出されなかったけれども、彼の情熱と彼の犯罪との記憶、そして彼が刑務所の独房に閉じこめられているという思いは、ミス・アメリアのしあわせな愛と、酒場のにぎわいの下に、不安な底流のように横たわっていた。だから、このマーヴィン・メイシーのことを忘れてはならない。これから後の物語で、彼は恐ろしい役割を演じるようになるのだから。

店が酒場になった四年のあいだにも、階上の部屋に変化はなかった。屋敷のなかでもこの部分だけは、ミス・アメリアの生涯を通じてまったく同じままであり、それは父の時代とも同じ、おそらくは父のまた父の時代から同じままだったであろう。その三つの部屋が、塵ひとつとどめず清潔に保たれていることは周知の事実である。どんな小さな物でも、きちんと置き場所がきまっていて、毎朝、ミス・アメリアの召使のジェフが、すべての品のごみをふき取り、はたきをかけた。表に面した部屋がいとこのライマンに与えられたが――これは、マーヴィン・メイシーがこの家にとどまることを許された数日の夜をすごした部屋であり、その前はミス・アメリアの父親の寝室であった。その部屋には、大きな洋服ダンスと、周囲をクローシェ編みでふち取った、ごわごわした白いリネンの布でおおった寝室用のタンスと、表面に大理石を張ったテーブルとが備えつけてあった。寝台はとても大きなもので、彫刻を施した黒い紫檀材の、四本柱を持った時代もののベッドであった。その上には羽根入りのマットレスが二枚と、枕と、手づくりの掛け布団が何枚かのっていた。非常に高い寝台なので、その下に木の踏み段がふたつ置いてあって——今までこの踏み段を使う者はだれもいなかったが、いとこのライマンは夜ごとこれを引っぱり出して、いばって寝台に上がっていった。踏み段のそばに、ピンクのバラ模様を描いた室内用の陶器の便器が、目につかないようにそっと置いてあった。磨き上げて黒光りのする床には敷物は敷いてなかった。カーテンはなにか白い布地のもので、やはりふちがクローシェ編みになっていた。

居間の反対側にミス・アメリアの寝室があったが、このほうが狭くて、非常に地味であった。寝台も小さくて、パイン材を使ったものであった。彼女の半ズボンやワイシャツやよそゆきの服などを入れるタンスがあり、また押し入れの壁に釘を二本打ちこんで、それに沼地用の長靴をかけていた。カーテンも敷物もなく、およそ飾りというものはなにひとつなかった。

居間になっている中央の大きな部屋は、凝った作りであった。暖炉の前には、すり切れた緑色の絹の布を張った紫檀のソファーがおいてあった。表面が大理石のテーブル、二台のシンガーのミシン、シロガネヨシを生けた大きな花瓶――すべてが贅沢で豪華であった。この居間のなかでいちばん大切な家具は、ガラスのドアつきの大きな飾りダンスで、そのなかには貴重な珍しい品がいくつもしまってあった。このコレクションにミス・アメリアはふたつの品を加えたが――そのひとつはオークの木から落ちたドングリ、もうひとつはビロードの小さな箱で、なかに小さな灰色の石がふたつ入っていた。ときどき、たいして仕事のない折に、ミス・アメリアは、このビロードの箱を取り出し、なかの石を手のひらにのせて窓のそばに立ち、魅惑と、かすかな敬意と、恐怖のまじった気持ちでその石を見つめていることがあった。それはミス・アメリア自身の腎臓結石で、何年か前にチーホーの医者が彼女の体内から取り出したものであった。それは初めから終わりまで、死ぬほど苦しい経験であったが、その結果得たものといえばこのふたつの小さな石だけであった。それで彼女は、この石を非常に重大視せざるをえなかった。さもなければ、まったく割の合わない取り引きをしたことを認めなければならなかったからである。そこで彼女はこの石を保存していたが、いとこのライマンがいっしょに住むようになってから二年目に、彼女はこの石を時計の鎖に飾りとしてはめこんで、これを彼に与えた。もうひとつ彼女がコレクションに加えた大きなドングリも、彼女にとっては貴重な品であったが――それを見るとき、彼女の顔にはいつも悲しみと当惑の表情が浮かんだ。

「アメリア、どういうわけで？」いとこのライマンが尋ねた。

「うん、ただのドングリよ」彼女は答えた。「パパが死んだ日の午後にひろったドングリというだけのこと」

「どういうわけ？」いとこのライマンはしつこく尋ねた。

「わけって、ただその日地面に落ちてるのを見つけたというだけよ。それをひろってポケットに入れたの。なぜだかわけはわからない」

「へんな理由でしまっておくんだね」いとこのライマンは言った。

いつも朝のはじめの数時間、彼が眠れないとき、二階の部屋でミス・アメリアといとこのライマンが語り合う話題はさまざまであった。だいたいにおいてミス・アメリアは口数の少ない女で、たまたま頭のなかにどんな話題が浮かんでも、それについてだらだらととめどもなくしゃべるようなことはなかった。それでも、彼女が好む話題はいくつかあった。それらの話題にはひとつの共通点があって、どれも果てしのない話ばかりであった。彼女は、何十年もかかって解こうとしてもまだ解けないような問題について考えるのが好きであった。これに対していとこのライマンのほうはたいへんなおしゃべりで、どんな話題であろうと楽しんで話した。会話に対するふたりの態度はまるでちがっていた。ミス・アメリアはいつも事柄を広く浅く一般的にとらえる立場をとり、慎重に低い声でとめどもなくしゃべりながら、なんの結論にも達しなかった。これに対していとこのライマンは、いきなり彼女の話に横槍を入れて、なにかささいな、どうでもいいようなことでありながら、少なくとも具体的で、手近な実際面に関係のある事柄を、カササギみたいにひょいひょいと拾い上げるのであった。ミス・アメリアのお好みの話題といえば、星とか、黒人の黒いわけとか、ガンのいちばんいい治療法とか、そういった事柄であった。父親の話も彼女にとって、いくら話しても飽きることのないお気に入りの話題であった。

「あら、ほんとよ」と彼女はライマンに向かって話すのであった。「あのころはよく眠ったわ。ランプの火がともると同時に床に入って、寝て――そう、まるで暖かい油の池でおぼれたみたいにぐっすり眠ったものよ。それから夜が明けると、パパが入ってきて、あたしの肩に手をあてるの。『起きる時間だよ、ちびさん』って言うのよ。それからしばらくすると、ストーブが真赤に燃えている台所から、大声でどなりながら階段を上がってくるの。『揚げたてのグリッツ（碾き割りトウモロコシ）だぞ』なんてどなるのよ。『塩づけ肉のグレイビーがけだ。ハムエッグだ』それであたしは階段を駆け下りて、パパが外の井戸で顔を洗っているあいだに、熱いストーブのそばで着がえるの。それぎたもんで、なかは全然火が通ってなかった」

「今朝食べたグリッツはまずかったな」いとこのライマンは言った。「急いで揚げす

からふたりでいっしょに醸造所へ行くか、さもなければ——」

「それからその当時、パパがお酒を売りさばいていたころはね——」こうして、ミス・アメリアが暖炉の前に長い足を伸ばしたまま、会話は果てしなく続くのであった。ライマンは冷え性だったので、冬も夏も炉のなかにはいつも火を絶やさなかった。彼は彼女の向かい側の低い椅子にすわっていたが、それでも足が床に完全に届かないで、上半身はいつも毛布か、緑色の毛のショールにしっかり包まれていた。ミス・アメリアは、いとこのライマン以外のだれにも父親のことを話したことはなかった。

それが彼女の彼に対する愛情の表現のひとつであった。彼は、もっとも微妙な、また重要な事柄において、彼女の信頼を得ていた。彼女が、幾樽かのウイスキーを近くの地所に隠してある、その場所を記した図面をどこにしまっているか、彼だけが知っていた。彼女の銀行通帳と、貴重品の陳列棚の鍵を、自由にできるのは彼だけであった。彼はレジのなかから現金を、いくらでも手ですくって取り、ポケットのなかでジャラジャラ大きな音を立てさせて楽しんでいた。彼は家のなかのほとんどすべてをわがものにしていた。というのは、彼の機嫌が悪いとミス・アメリアは、そこらをさが

し回っては彼になにかプレゼントするからで――そのため今では、手近なところで彼にやる物はほとんどなにも残っていなかった。彼女の人生のなかで、いとこのライマンと共有したくないと思っていた唯一の部分は、十日間の結婚の思い出だけであった。マーヴィン・メイシーのことは、いついかなるときでも、決してふたりの間で論議されることのない話題であった。

ここで歩みのおそい年月をいっぺんにとびこして、いとこのライマンがはじめてこの町へやってきてから、六年後のある土曜日の夕方に話を進めよう。それは八月のことで、町の上の空は、一日じゅう火の海のように燃えていたが、やっと緑色の夕暮れが近づいて、落ち着いた気分になってきた。道路は乾いた金色のほこりで二センチ半もの深さにおおわれ、半分裸で走り回っている子どもたちは、何回もくしゃみをし、汗びっしょりで、落ち着かなかった。工場は正午に閉じた。メイン・ストリートに面した家に住む人びとは、表の階段にすわって休息し、女たちはヤシの葉の扇を使っていた。ミス・アメリアの店の正面には「酒場」という看板がかかっていた。裏手のベランダには格子模様の影が落ちていて涼しく、そこでいとこのライマンが座ってアイスクリーム・フリーザーを回していたが――彼は何回も塩と氷をとりのけ、攪拌機をはずしては、どのくらい出来上がっているか、ためしにちょっとなめてみるのであった。ジェフは台所で料理をしていた。その日の朝早く、ミス・アメリアは、表のベランダの壁に「本日のチキン定食、二十セント」と書いた紙をはっておいた。酒場はすでに開店していて、ミス・アメリアも事務所でちょうどひと仕事終えたところであった。八つのテーブルはみんなふさがって、自動ピアノからはにぎやかな曲が流れていた。

ドアの近くの一隅には、ヘンリー・メイシーが、ひとりの子どもといっしょのテーブルにすわっていた。彼はグラスで酒を飲んでいたが、これは彼としては珍しいことで、いつもは酒を飲むとすぐ頭へきて、泣いたり歌ったりするのであった。顔色はひどく青ざめて、左の目がたえず神経質にピクピク動いていたが、これは彼が興奮しているときのくせであった。彼はこっそりと音もなく酒場に入ってきて、人が声をかけても返事をしなかった。となりにすわっているのはホレス・ウェルズの子どもで、その日の朝、ミス・アメリアの治療を受けるためにあずけられたのであった。

ミス・アメリアは上機嫌で事務室から出てきた。そして、台所で雑用を二、三かたづけてから、好物の鶏（とり）の尻を手にして酒場へ入ってきた。彼女はあたりを見回して、およそ万事うまくいっているのを確かめると、ヘンリー・メイシーのすわっている隅のテーブルのそばまで歩いていった。そして椅子をくるっとさかさまにすると、椅子の背にまたがるようにすわった。まだ夕食には間(ま)があったので、それまでの時間つぶしと思ってのことであった。彼女の作業ズボンの尻のポケットには《喉によし》という薬の瓶が入っていたが、これは、ウイスキーと氷砂糖に秘伝の原料をまぜた薬であった。ミス・アメリアは瓶の栓を抜いて、子どもの口にあてがった。そしてヘンリー・メイシーのほうを向くと、左目がぴくぴく動いているのに気がついて、「どうしたんだい?」と尋ねた。

ヘンリー・メイシーは、なにか言いにくいことを言いかけたようであったが、ミス・アメリアの目を長いことじっと見つめたあげく、ぐっと唾を飲みこんだきり、なにも言わなかった。

そこでミス・アメリアは患者のほうへ戻った。子どもの頭だけがテーブルより高く見えていた。顔は真赤で、瞼(まぶた)はなかば閉じたまま、口は少し開いていた。片方の股(もも)に大きな固いおできができて、腫れ上がっていたので、切開するようにミス・アメリアのところへ連れてこられたのであった。しかしミス・アメリアは、子どもには特別なやり方で治療をした。子どもが傷ついてもがいたり、おびえたりするのを見たくなかったからである。彼女はこの子どもを一日じゅう店のなかで遊ばせておいて、甘草を与えたり、《喉によし》を何回も飲ませたりしていたが、夕方になると子どもの首にナプキンをかけて、食事を腹いっぱい食べさせた。そして今、テーブルに向かってすわっている子どもは、頭が右に左にゆっくり揺れて、息をするたびに、低い、つかれはてたようなうめき声をときどき洩らしていた。

酒場のなかがざわついたので、ミス・アメリアが急いでふり返ると、いとこのライマンがやってきたのであった。彼は、いつもの晩のように、いばった足どりで酒場に入ってきたが、部屋のちょうどまんなかまで来ると、急に立ち止まって、鋭い目であたりを見回したが、それは、客の様子を観察して、みんなをわっとわかせる手持ちの材料のなかで、今夜はどの手を使ってやろうか、とっさに策を立てているのであった。彼はいたずらの名人であった。何によらず騒ぎが大好きで、自分はひとことも言わずに、人びとを互いに争わせることにかけて、神業（かみわざ）に近い妙技を持っていた。二年前にレイニーの双子が、ジャックナイフのことで言い争い、それ以来互いにひとことも口をきいてないというのも、彼がその種をまいたのであった。リップ・ウェルボーンとロバート・カルバート・ヘイルの大喧嘩の現場にも居合わせたし、そう言えば、彼がこの町へやってきて以来の、ほかのどの喧嘩にも彼の姿が見られた。彼はどこへでも首をつっこみ、だれの内緒ごとも知っていた。昼となく夜となくおせっかいをした。

ところが、不思議なことに、こんな悪いくせがあるにもかかわらず、酒場が非常にはやっている原因の最大のものは、彼の存在であった。彼がそこにいるときほど一座がにぎやかになることはなかった。彼が部屋のなかに入ってくるとかならず、あたりの空気が急に緊張したが、それは、このおせっかい屋がそこにいると、だれの身になにごとが降りかかるかわからず、室内で突然どんなことが起こるか、見当がつかないからであった。人間は、なにか大騒ぎか大事件が起きそうなきざしが見えるときにはかならず、底ぬけにはめをはずしたり、手放しで喜んだりするものである。そんなわけで、彼が酒場に乗りこんできたとき、みんなそちらをふりむいて、たちまちにぎやかなおしゃべりと、ポンポン栓を抜く音があたりにひろがった。

ライマンは、マーリー・ライアンとヘンリー・フォード・クリンプの間にすわっているスタンピー・マックフェイルのほうに手を振ると、「今日は、へどろ沼まで釣りに行ってきた」と話しはじめた。「その途中、なにかをまたいだんだが、はじめは大木が倒れてるのかなと思った。ところが、またいだときに、なんだか動いたような気がしたんで、もう一回よく見るとだな、なんとおれがまたいだのは、入口から台所まで届くくらいの長さで、胴は豚より太いワニのやつじゃねえか」

彼のおしゃべりは続いた。みんながときどき彼のほうに目を向けたが、そのおしゃべりを聞いている者もあれば、聞いてない者もあった。彼の一言一句まで、みんな嘘とほらばかりということが何回もあった。この晩の彼の話も、本当のことはひとつもなかった。彼は夏の扁桃炎にかかって一日じゅうねていて、午後おそくなってから、アイスクリーム・フリーザーを回すために、やっと起き上がったばかりであった。こんなことはみんなに知れわたっていたのだが、それでも彼は酒場のまんなかにつっ立って、聞き手の耳がおかしくなるほどの、嘘で固めたほら話を臆面もなくしゃべり続けた。

ミス・アメリアは、両手をポケットに入れたまま、首を片方にかしげて、彼のほうをじっと見ていた。灰色の斜視の目がやさしく光った。静かに心のなかでほほえんでいるのであった。ときどき彼女は、男から目を移して、酒場にいるほかの人びとのほうをちらっと見ることがあったが——そんなときの彼女の目つきは、誇らしげでありながら、また同時に、彼のばか騒ぎにケチをつけたければつけてごらんと、おどしているようなところもうかがわれた。ジェフが、すでに皿の上に盛りつけた食事を運び入れはじめ、酒場の新しい扇風機が何台か、ひんやりと心地よい風を送りこんでいた。

「この子は眠っちまった」ヘンリー・メイシーがやっと口をきいた。

ミス・アメリアは、自分のそばの患者を見下ろすと、当面の問題を考える顔つきになった。子どもはテーブルのへりに顎をのせ、口の横から、唾だか《喉によし》だかが、泡だった筋をひいてたれていた。しっかり閉じた目の両端にはアブの一族が仲よくむらがっていた。ミス・アメリアは患者の頭に手をかけて、荒っぽくゆすぶったが、患者は目をさまさなかった。そこでミス・アメリアは、足の痛いところにさわらないように気をつけながら、子どもをテーブルから抱き上げると、事務室のなかに入っていった。ヘンリー・メイシーがそのあとについて、事務室のなかからドアをしめた。

いとこのライマンは、その晩は退屈していた。たいした出来事もなく、暑さにもかかわらず酒場に集まった客たちは上機嫌であった。ヘンリー・フォード・クリンプとホレス・ウェルズは、中央のテーブルに、互いに腕を伸ばして抱き合う形ですわったまま、なにか長い笑い話をしてくすくす笑っていた——しかし彼がそばへ近よってみても、話のはじめを聞きそこなったので、なんのことやらさっぱりわからなかった。ほこりっぽい道路を月の光が明るく照らし、ねじれた桃の並木は黒々と立ったまま動かず、あたりにはそよ風ひとつ吹いていなかった。沼地の蚊のぶうんという眠そうな羽音は、静まり返った夜の音をこだましているようであった。道路のずっと向こうの右側に、ランプの光がひとつちらちらしているほかは、町じゅうが真暗に見えた。その暗闇のどこかで、ひとりの女が、高く激しい調子で歌っていたが、その歌には初めもなければ終わりもなく、たった三つの音だけでできており、いつまでもいつまでも果てしなく続いた。ライマンは、表のベランダの手すりにもたれかかったまま、だれかがやってくるのを待ちもうけるように、人気のない道路の向こうを見つめていた。

後ろに足音が聞こえたと思うと、声がして「ライマン、食事の用意ができたわよ」

「今夜はおなかがすいてないんだ」一日じゅう甘いものを食べていた男は答えた。「口のなかがなんだかすっぱい」

「ひと口でいいから」ミス・アメリアは言った。「胸でも肝臓でも心臓でも」

ふたりはいっしょに明るい酒場に戻って、ヘンリー・メイシーと同じテーブルにすわった。それは酒場のなかでいちばん大きいテーブルで、コカコーラの瓶に沼地のユリの花束が生けてあった。ミス・アメリアは患者の処置を無事終えたので、われながら満足していた。ドアを閉めた事務室のなかからは、眠そうにめそめそいう声がほんの二、三回聞こえただけで、患者が目をさましておびえるより先に、すべて終わってしまった。子どもは今では父親の肩にかつがれたまま、ぐっすり眠っていて、かわいらしい両手を父親の背中にだらっと垂らし、ふくれたような顔を真赤にしていた——父と子は酒場を出て家へ帰るところであった。

ヘンリー・メイシーはまだ沈黙を守っていた。彼は、食べたものを飲みこむときも、音をたてないように気をつけて食べていた。いとこのライマンなどは、食欲がないと言いながら、夕食のごちそうを何回もおかわりしていたが、それにくらべれば彼などは、三分の一くらいしか食欲がなかった。ときおりヘンリー・メイシーはミス・アメリアのほうに視線を向けたが、依然として沈黙を守っていた。

いつもながらの土曜日の夜であった。田舎からやってきた一組の老夫婦が、お互いの手をとり合ったまま、入口で一瞬ためらっていたが、やっと決心してなかへ入ってきた。この田舎者の老夫婦は、あまり長いこといっしょに暮らしてきたので、まるで双子のようにそっくりであった。褐色でしなびているところは、まるで小さな南京豆が二粒歩いているようだった。そのふたりは早々に帰ってしまい、夜中の十二時には他の客もたいてい姿を消していた。ロサー・クラインとマーリー・ライアンはまだチェッカー（チェスの駒を各十二個使い対戦するゲーム）を続けており、スタンピー・マックフェイルは、（女房が家では飲ませてくれないので）酒の瓶をテーブルにおいて腰をおちつけ、自分を相手におだやかな会話を続けていた。ヘンリー・メイシーはまだ立ち去っていなかったが、これは例のないことで、たいていいつもは日が暮れるとすぐ床につくのが彼のならわしであった。ミス・アメリアは眠そうにあくびをしたが、ライマンがなんとなく落ち着かない様子なので、彼女も、今晩はこれで閉店しようと言いだしかねていた。

やっと、午前一時になったとき、ヘンリー・メイシーは、天井の一隅を見上げてから、ミス・アメリアに向かって、「今日、手紙が来たんだ」と言った。

そんなことで驚くミス・アメリアではなかった。彼女あてに、あらゆる種類の商用の手紙やカタログが送られてきたからである。

「兄貴から手紙が来た」ヘンリー・メイシーは言った。

それまで、両手を首の後ろで組んで、いばって酒場のなかを闊歩していたライマンが、突然立ち止まった。彼は、集団の雰囲気にどんな変化が生じても、それを敏感にキャッチした。彼は、部屋中の人の顔を見くらべながら待っていた。

ミス・アメリアは、顔をしかめると、右手の拳を握りしめて、「あたしの知ったことじゃないよ」と言った。

「仮釈放になって、刑務所を出たんだ」

ミス・アメリアの顔が暗さを増し、暖かい晩だというのに、彼女は体を震わせた。スタンピー・マックフェイルとマーリー・ライアンはチェス盤をわきへのけた。酒場のなかはしんと静まり返った。

「だれだって？」いとこのライマンが尋ねた。頭にくっついた大きな青白い耳が、大きくなってぴんと立つように見えた。「なんだって？」

ミス・アメリアは、両手の手のひらを下にして、テーブルをぴしゃりとたたいた。「だってマーヴィン・メイシーなんか――」しかしそこで声がかれた。彼女はしばらくしてただこう言った。「あんなやつは死ぬまであの刑務所にいればいいんだよ」

「何をやったんだ？」いとこのライマンは尋ねた。

これになんと答えていいか、だれにもわからなかったので、長い沈黙が続いた。「三軒もガソリンスタンドで盗みをはたらいた」とスタンピー・マックフェイルが言った。しかしこれですべてとは聞こえなくて、まだ言い残した罪があるような感じがした。

ライマンはいらだった。彼はなにごとでも、たとえどんな不幸な出来事であろうと、仲間はずれされるのはがまんがならなかった。マーヴィン・メイシーという名前は彼の知らないものであったが、どんな話題でも、他人は知っていて彼だけ知らないような話を持ち出されると、彼はじりじりした――たとえば、彼が来る前に取りこわされた昔の製材所とか、あわれなモリス・ファインスタインについてのなにげない話とか、そのほか彼が来る前のどんな出来事の思い出も、すべて彼をいらだたせた。こうした生まれつきの好奇心のほかに、彼は、泥棒とか、あらゆる種類の犯罪に非常な興味を示した。テーブルのまわりをいばって歩きながら、彼は、「仮釈放」とか「刑務所」

とかいう言葉をひとりでつぶやいていた。しかし、いくら彼がしつこく尋ねても、はっきりした答えは得られなかった。この酒場でミス・アメリアを前にして、マーヴィン・メイシーの話をするようなむちゃなことはだれもできなかったからである。「手紙にはたいしたことは書いてなかった」ヘンリー・メイシーは言った。「どこへ行くとも書いてなかったよ」

「ふん」とミス・アメリアは言ったが、その表情はまだこわばっていて、とても暗かった。「あいつの悪魔みたいな足に、二度とこの家の敷居をまたがせるもんか」

彼女はテーブルから椅子を押し戻して、酒場を閉店する用意にかかった。マーヴィン・メイシーのことを考えているうちに、思うところがあったのであろうか、彼女は、レジを台所へ持ちはこぶと、それを人目につかない場所にしまった。ヘンリー・メイシーは暗い道路の向こうへ立ち去った。しかし、ヘンリー・フォード・クリンプとマーリー・ライアンは、しばらくのあいだ表のベランダのところでぐずぐずしていた。後になってマーリー・ライアンは、いくつかの事実を主張し、特にその晩、やがて起こる事件を予見できたと主張したが、これはいかにもマーリー・ライアンが主張しそうなことなので、町の人びとは問題にしなかった。ミス・アメリアといとこのライマンは、居間でしばらくおしゃべりをした。そしてやっとライマンが、これならば眠れると思ったとき、彼女は彼のベッドの上に蚊帳をかけて、彼のお祈りが終わるまで待っていた。それから彼女は長い寝巻きに着がえて、パイプを二服し、いいかげん経ってから、やっと眠りについた。

その年の秋は幸福な季節であった。その地方一帯に作物はよい出来で、フォークス・フォールズの市場ではその年のタバコの価格も堅調を保っていた。長くて暑い夏のあと、初秋の涼しい数日は、澄みきって明るい心地よさが感じられた。ほこりっぽい道路の両側にアキノキリンソウが茂り、サトウキビも熟して紫色になっていた。毎日バスがチーホーからやってきて、合同学校（教学区が共同で建てた辺地の小学校）へ勉強しにゆく数人の子どもを運んでいった。少年たちは松林でキツネを追い、物干し綱には虫干しのため冬の布団がかけられ、やがて来る冬の季節にそなえて、藁に包んだサツマイモが地面に埋けられていた。日が暮れると煙突からかぼそい煙が立ち昇り、秋の空に円い黄色い月がかかった。秋のはじめの数日の晩ほど、しんと静まり返るときはほかにない。ときおり、風のない日の夜ふけには、ソサエティ・シティーを通りぬけてずっと遠い北国へ向かう列車の細く鋭い汽笛の音が、この町でも聞こえることがあった。ミス・アメリア・エヴァンズにとって、これはものすごく忙しい時期であった。日の出から日没まで働きづめに働いた。醸造所用にあらたに大きな凝縮器(コンデンサー)をとりつけ、郡全体を酒びたしにできるくらいのウイスキーを一週間のうちに売りさばいた。おいぼれの騾馬は目がまわるほど大量のモロコシを碾かされ、彼女はガラス瓶を熱湯で消毒して、保存用の梨のジャムを詰めた。彼女は初霜のおりる日を首を長くして待っていた。それは、ものすごく大きな豚を三頭手に入れてあって、バーベキュー用の肉やチタリンやソーセージをたくさん製造するつもりだったからである。

こんなことが何週間も続くあいだ、ミス・アメリアの性質にある変化が見られることに、多くの人が気づいていた。よく笑うようになったが、それも腹の底からの、ひびきわたるような笑い声であった。口笛の吹き方も力があり、調子がよくて、いたずらっぽい感じがあった。重い物を持ち上げたり、固い力瘤(ちからこぶ)を指でつついてみたりして、いつも自分の力をためしていた。ある日彼女はタイプライターに向かって腰をおろし、物語を作ったが、それは、外国人だの落とし戸だの何百万ドルというお金などの出てくる物語であった。いとこのライマンはいつも彼女にくっついていて、そのすぐ後にふらふらついてゆくのであったが、そういう彼を見つめるときの彼女の顔には、明るくてやさしい表情が浮かび、彼の名前を口にするときの彼女の声には、愛情のひびきが底に流れていた。

最初の寒波がついにやってきた。ある朝、ミス・アメリアが目をさますと、窓ガラスに霜が結晶していて、庭の芝生にも銀色の霜がかがやいていた。ミス・アメリアは台所のストーブに勢いよく火をおこしてから、空模様をうかがいに外へ出てみた。空気は痛いほど冷たく、空は薄緑で雲ひとつなかった。まもなく人びとが、ミス・アメリアはこの天気をどう思っているのか、それを知ろうとして近郷近在からやってきた。そして彼女がいちばん大きい豚を殺すときめたことがわかると、そのうわさはたちまち四方に知れわたった。豚は屠られ、バーベキュー用の穴ではオークの木の焚き火がちょろちょろ燃えはじめた。裏庭には豚の血と焚き火の煙のまじった暖かいにおいが漂い、人びとの足音や声のひびきが冬の空気のなかに流れた。ミス・アメリアは指図をしながら歩いてまわり、やがて仕事はあらかた出来上がった。

彼女は、その日チーホーへ行ってかたづけなければならない用事があったので、万事うまくいっていることを確かめてから、車のエンジンをかけて出かける用意をした。そしていとこのライマンにいっしょに来るようにと言った。じつは七回も頼んだのであるが、彼はにぎやかな仕事場を離れることをいやがって、家に残りたいと言った。これにはミス・アメリアも困ったようであった。というのは、彼女はいつも彼をそばにおいておきたくて、ちょっとでも離れなければならないときは、すぐに家が恋しくてたまらなくなるからであった。しかし七回も頼んだあとでは、それ以上無理にとは言わなかった。出かける前に彼女は棒きれを見つけて、バーベキューの穴のまわりに、穴のへりから三メートルばかりのところに太い線で円を描き、この線を越えてなかへ入らないように言いつけた。彼女は食事をすませ、暗くならないうちに帰るつもりだと言って出ていった。

さて、トラックや自家用車が、チーホーからどこか別のところへ行く途中、この道路を走って町を通りぬけることは、べつに珍しくない。毎年税務署の役人が、ミス・アメリアのような金持ちとかけ合うためにやってくる。また、町の住民のだれか、たとえばマーリー・ライアンが、なんとかして代金後払いで車を手に入れようとか、頭金を三ドルだけおいて、チーホーの店のウインドーに並べて広告しているような上等な電気冷蔵庫を自分のものにしたいとか、そんな考えを起こすと、市のほうから人が来るが、そういう人は七面倒(しちめんどう)な質問をして、こちらの悩みを全部さぐり出し、月賦でなにかを買おうという計画をおじゃんにしてしまう。ときどき、囚人の作業隊をはこぶ車が町を通りすぎることがあるのは、ほかでもなく彼らがフォークス・フォールズ街道で作業をしているからである。それから、車に乗った人たちが道に迷って、どうしたらまた正しい方向へ戻れるか、車を止めて尋ねることが何回もあった。そこで、その日の午後おそく、一台のトラックが工場のそばを通りすぎて、ミス・アメリアの酒場の近くの道路のまんなかで止まったとしても、べつに珍しいことではなかった。そのトラックの後部からひとりの男がとび下りると、トラックはそのまま走り去った。

その男は、道路のまんなかに立って、あたりを見回した。背が高く、髪は褐色の巻き毛で、ゆっくり動く目は濃い青色であった。唇は赤く、ものうげに口をなかば開いて高慢な笑いを浮かべていた。赤いシャツを着て、模様入りの幅広い革のベルトを締め、手にはブリキ製のスーツケースとギターを下げていた。この新来の客を町で最初に見かけたのはいとこのライマンで、彼は、車のギアを入れかえる音を耳にしたので、なにごとかと調べに出てきたのであった。彼は表のベランダの隅から首をつき出したが、全身が相手に見えるところへ出てこようとはしなかった。ライマンと男は互いにじっと見つめ合ったが、それは、ふたりの未知の人間がはじめて出会って、すばやく相手を判断しようとするときの目つきとはちがっていた。ふたりが交わした視線は奇妙なもので、互いに相手の正体を見ぬいたふたりの犯罪者の目つきに似ていた。やがて、赤いシャツの男は左の肩をすくめると、くるりと向きを変えた。道路を歩いてゆく男をじっと見つめるライマンの顔は真青であったが、しばらくすると彼は、かなり間隔をあけて、用心深く男のあとについて歩きはじめた。

マーヴィン・メイシーがまた舞い戻ったという話は、たちまち町じゅうに知れわたった。彼は、まず最初に工場へ行くと、両肘をだらしなく窓枠にのせて、なかをのぞきこんだ。生まれつきの怠け者はみんなそうだが、彼も他人が一心に働くところを見るのが好きだった。工場全体がたちまち正気を失ったような混乱状態に陥った。染色工は湯気のたつ染料桶をそのままほうり出し、紡績工と織工は機械のことを忘れ、係長のスタンピー・マックフェイルまでも、どうしてよいか分からずおろおろしていた。マーヴィン・メイシーはまだ、濡れた口もとに薄笑いを浮かべていて、弟の姿を見かけたときも、傲慢な表情は変わらなかった。ひととおり工場の様子を見たあと、マーヴィン・メイシーは、また道路を歩いて自分の幼時を過ごした家まで来ると、スーツケースとギターを表のベランダのところにおいた。それから水車の池のまわりを歩き、教会と三軒の店と、そのほか町のあちこちを見て回った。ライマンは、両手をポケットにつっこみ、小さな顔は依然として真青にしたまま、少し間をおいて男のあとをおとなしくとぼとぼとついていった。

時刻もだいぶおそくなっていた。赤い冬の太陽が沈もうとして、西の空は濃い金色と深紅の色に染まっていた。ツバメは算を乱して巣へ飛び帰り、家々の明かりがともされた。ときおり煙のにおいと、酒場の裏手の穴でゆっくり焼けているバーベキューの肉の、暖かい、こってりしたにおいが漂ってきた。町をぐるっとひと回りしてきたマーヴィン・メイシーは、ミス・アメリアの家の前に立ち止まると、入口の上の看板の文字を読んだ。それから、家宅侵入をためらう様子もなく、横の庭をずかずかと通りぬけた。工場の汽笛が細くさびしい音色で鳴りわたり、一日の仕事の終わりを告げた。まもなくミス・アメリアの裏庭には、マーヴィン・メイシーと並んでほかの連中が集まった――ヘンリー・フォード・クリンプ、マーリー・ライアン、スタンピー・マックフェイル、そのほか数知れぬ子どもや大人たちが、敷地の境界線のまわりに並んで、成り行きを見つめていた。ほとんど口をきく者もなかった。マーヴィン・メイシーは穴の一方にひとりで立ち、あとの人びとは反対側に固まっていた。いとこのライマンは、だれからも少し離れたところに立ち、マーヴィン・メイシーの顔から目を離さなかった。

「刑務所は面白かったかい?」マーリー・ライアンがまのぬけた薄笑いを浮かべながら尋ねた。

マーヴィン・メイシーはそれには答えず、尻のポケットから大型のナイフを取り出すと、ゆっくり開いて、ズボンの尻に刃をあてて研いだ。マーリー・ライアンは急におとなしくなって、スタンピー・マックフェイルの大きな背中のすぐ後ろに身を隠した。

ミス・アメリアが帰ったのは、もう日暮れ近いころであった。まだかなり遠くを走っているときから、車のガタガタいう音が聞こえ、やがてドアをバタンと閉める音と、家の入口の踏み段になにかを引っぱり上げているようなガタピシいう音が聞こえた。太陽はすでに沈んで、初冬の夜空は青くかすんだ輝きを見せていた。ミス・アメリアは裏手の階段をゆっくり下りてきたが、庭に集まった人びとはじっとおとなしく待ちかまえていた。どこをさがしてもミス・アメリアとまともに太刀打ちできる者はほとんどいなかった。そして彼女はマーヴィン・メイシーに対してはとりわけ激しい憎悪を抱いていた。きっと彼女は、いきなりものすごい叫び声を上げ、なにか危険な物を手につかんで、彼を完全に町の外へ追い出すだろうと、みんなが期待して待っていた。最初、彼女は、マーヴィン・メイシーの姿が目に入らなかったのか、少し遠いところから家へ帰ったときのならわしで、ほっとした、夢見るような表情を顔に浮かべていた。

ミス・アメリアは、マーヴィン・メイシーといとこのライマンのふたりの存在に同時に気がついたのであろう。彼女は両者を見くらべたが、最後に不快げな驚きの視線をじっとそそいだのは、刑務所帰りのやくざ者のほうではなかった。彼女ばかりでなくほかのだれもがいとこのライマンに目を向けていたが、たしかにそのときの彼の様子は見ものであった。

彼は穴のはじに立っていたので、その青白い顔が、ぶすぶす燃えるオークの焚き火の柔らかい光に照らされていた。いとこのライマンはひとつ変わった特技を持っていて、だれかのご機嫌をとろうとするときはいつでもそれをやってみせるのであった。彼はじっと立ったまま、ほんのちょっと精神を集中すると、その大きな青白い耳を、驚くべき早さでやすやすと振ることができた。彼は、ミス・アメリアからなにか特別なものをせしめようとするときは、かならずこの奥の手を用い、これがまた彼女にはこたえられなかった。今もそこに立つライマンの耳が猛烈な勢いで振られていたが、こんどは彼が目を向けているのはミス・アメリアではなかった。彼は、必死と言っていいほど強く嘆願するように、マーヴィン・メイシーにほほえみかけていた。はじめマーヴィン・メイシーは、そんなものにまるで注意していなかったが、やっとライマンのほうを一瞥（いちべつ）したときも、相手の気持ちを理解したらしいところはまるで見られなかった。

「この野郎、どうしたんだ？」彼はライマンのほうへぐっと指をひねって尋ねた。

だれも答えなかった。するとライマンは、自分の特技がなんの効果もあげなかったことを知って、説得のための新たな手段を用いた。彼は瞼をパタパタ動かしたが、それはまるで目の奥に青白い蛾が捕らえられてはばたいているようであった。その次には両足をぐるぐる回して地面をひっかいてみたり、両手を振ってみたり、しまいにはトロットのようなダンスをやってみたりした。冬の夕方の最後のかすかな光のなかで、そんなことをしている彼の姿は、沼地の幽霊の子どもかなにかのように見えた。

これを見て心を打たれないのは、庭に集まった人びとのなかでマーヴィン・メイシーただひとりであった。

「こいつ、発作でも起こしやがったか？」と彼は尋ねたが、だれも返事をしなかったので、一歩進み出ると、いとこのライマンの横面をはり倒した。ライマンはよろめいて、ばったり地面に倒れた。そして、倒れた場所にすわったまま、なおもマーヴィン・メイシーの顔を見上げ、最後の力をふりしぼって、あわれな耳をもう一回、やっとの思いでぱたっと少し動かした。

さてこんどはミス・アメリアがどうするだろうと、一同の視線はそちらへ向けられた。これまで長いあいだ、やりたくてむずむずしている人は大勢いたとしても、いとこのライマンの髪の毛一本にでも手をふれる者はなかった。だれかがライマンに意地悪い言葉をかけただけでも、ミス・アメリアは、そんな無分別な男には信用貸しを停止したり、その他、後々までつらい思いをするような報復手段を講じるのであった。そこでこんども、たとえミス・アメリアが、裏口のベランダでマーヴィン・メイシーの頭を斧で断ち割ったとしても、だれも驚かなかったであろう。しかし彼女は、そんなことはなにもしなかった。

ミス・アメリアはときどき、一種の放心状態に陥るように見えることがあった。その放心状態の原因は、たいていは明白に理解できるものであった。ミス・アメリアはりっぱな医者だったので、沼地の植物の根とか、その他まだ試してない材料をすりつぶして、だれでもかまわず最初に来た患者に与えるというようなことはしなかった。新しい薬を考案したときには、必ず最初に自分の体で試してみた。新薬を大量に飲んでから、その翌日は、酒場と煉瓦造りの屋外便所との間を、考えこむようにして行ったり来たりするのであった。突然鋭い痛みが襲ってきたときには、斜視の目で地面を見つめ、両手の拳を握りしめたまま、じっと立ちつくしていることがよくあった。それは、新薬がどの器官に作用しているかを見きわめて、どんな病苦を治すのによさそうかを判断しているのであった。いま彼女がライマンとマーヴィン・メイシーのふたりをじっと見ているその顔には、それと同じ表情が浮かんでいた。その日はべつに新薬を飲んだわけでもないのに、なにか内部の苦痛を見さだめようとする緊張の表情になっていた。

「この野郎、思い知ったか」マーヴィン・メイシーは言った。

ヘンリー・メイシーは、額に垂れた白髪まじりの髪をかき上げて、神経質そうに咳をした。スタンピー・マックフェイルとマーリー・ライアンは足をもぞもぞさせ、家の周りに集まった子どもや黒人たちは、物音ひとつ立てなかった。マーヴィン・メイシーは、研いでいたナイフを閉じると、不敵な顔であたりを見回したのち、肩をいからせて庭から出ていった。穴のなかの残り火も黒っぽいふわふわした灰に変わり、あたりはもう真暗になっていた。

このようにしてマーヴィン・メイシーは刑務所から帰ってきたのであった。町じゅうだれひとりとして彼の帰還を喜ぶ者はいなかった。愛情こめてだいじに彼を育ててくれたミセス・メアリー・ヘイルのようなやさしい婦人でさえも——彼の姿をひと目見ただけで、この年老いた育ての母親までも、手にした鍋を落として涙にむせんだ。しかしこのマーヴィン・メイシーは、なにごとがあってもひるむような男ではなかった。彼は、ヘイル家の裏手の踏み段に腰かけて、ものうげにギターをかき鳴らし、夕食の時間になると、やっとみんなにゆきわたるほどのトウモロコシパンと白身肉しかないというのに、その家の子どもたちを押しのけて、自分は山盛りよそって食べるのであった。食事が終わると、彼は、表に面した部屋で最上の、いちばん暖かい寝場所を占領して、朝まで夢も見ずにぐっすり眠った。

ミス・アメリアは、その晩は酒場を開かなかった。そして、すべてのドアと窓をしっかりと閉じた。彼女もいとこのライマンも、まったく姿を現わさなかったが、彼女の部屋にはひと晩中ランプの火がともされていた。

予想されたことではあるが、マーヴィン・メイシーは、まず最初から悪運をもたらした。次の日に天気が急変して暑くなった。朝早くから空気がべとついてむしあつく、沼地の腐ったような悪臭が風にのって運ばれ、弱そうだが鋭い鳴き声の蚊が、緑色の水車の池を一面におおった。狂った季節で、八月よりも始末が悪く、大きな被害が出た。というのは、このあたりで豚を飼っているほとんどすべての者がミス・アメリアのまねをして、その前日に豚を殺していたからである。こんな天気では、どんなソーセージでも保つわけがない。何日かたつと、いたるところで、徐々に腐敗する肉のにおいと、わびしい荒廃のけしきとが広がりはじめた。さらにひどいことには、フォークス・フォールズ街道の近くで親族の懇親会に集まった人びとが、豚のローストを食べてひとり残らず死亡した。豚肉が病菌におかされていたことは明らかであるが、あとの肉が大丈夫かどうか、だれにわかろう？ 人びとは、おいしい豚肉を食べたい気持ちと死の恐怖のあいだで、どうしてよいかわからなかった。それは荒廃と混乱の季節であった。

これらすべての張本人であるマーヴィン・メイシーは、恥を知らぬ男であった。彼はいたるところに姿を現わした。人が働いている時間に彼は工場内をうろついて窓からのぞきこんだ。日曜日には赤いシャツを着こみ、ギターを持って道路を行ったり来たりのし歩いた。髪は褐色で、唇は赤く、肩はがっしりと強そうで、昔の美男の面影をとどめていたが、これほど悪名が広がってしまっては、いくら美男でもどうにもならなかった。しかもその悪というものが、彼が現実に犯した罪だけで測れるものではなかった。なるほど彼は三軒のガソリンスタンドで強盗をはたらいた。またその前には、この地方きってのやさしい少女たちを破滅に陥れながら、それをせせら笑った。そのほか彼が犯した悪事のかずかずをいくらでもあげることができる。だが、これらの犯罪とはまったく別に、この男にはどことなく、悪臭のようにまつわりつく、ひそかな陰険さのような感じがあった。もうひとつ——彼は決して汗をかかなかった。八月でも汗が出ないとなれば、これはたしかに、熟考に値する徴候(しるし)である。

　さて、町の人びとの目には彼は以前にもまさる危険人物と思われたが、それは彼がアトランタの刑務所で呪文をかける術を学んだにちがいないからで、さもなければ彼がいとこのライマンに与えた影響を、どうにも説明のしようがないではないか。マーヴィン・メイシーをひと目見て以来というもの、ライマンは、あやしい魂にとりつかれたようになった。朝から晩まで彼はこの前科者の後を追うことばかり考え、なんとかして相手の注意を引こうと、いつもばかげたたくらみで頭をいっぱいにしていた。それでもマーヴィン・メイシーは、彼を憎々しげに扱うか、さもなければ完全に黙殺していた。ときにはライマンもあきらめて、まるで病気の鳥が電話線にうずくまるように、表のベランダの手すりにもたれて、悲嘆にくれる姿を人目にさらすこともあった。

「でも、なぜ？」ミス・アメリアは、灰色の斜視の目でじっと彼を見つめ、拳を固く握りながら尋ねるのであった。

「ああ、マーヴィン・メイシー」ライマンはうめくように言ったが、その名を口にしただけで彼の泣き声のリズムが狂ってしまったようで、しゃっくりをはじめた。「あいつはアトランタへ行ったんだ」

　ミス・アメリアは首を振り、その顔には暗い影がさして表情もこわばった。そもそも彼女は旅行という行為にがまんがならなかった。アトランタまで旅行したり、海を見るために八十キロも家を離れて旅に出たりする人びと――そういう腰の定まらぬ連中を彼女は軽蔑した。「アトランタへ行ったたって、ちっともえらくないよ」

「あいつは刑務所へ行ったんだ」ライマンは悲しいほどのあこがれをこめて言った。

このような羨望(せんぼう)に対して、どんな反論の方法があるであろうか？　ミス・アメリアも、混乱のあまり、われながら何を言っているのか確信が持てないようであった。

「刑務所へ行った？　そんな旅行は自慢にならないでしょう？」

この数週間、ミス・アメリアの行動はすべての人から子細に観察されていた。彼女は、ときおり見られる腹痛のための放心状態に陥ったように、うつろな表情でぼんやりして歩き回った。どういうわけか、マーヴィン・メイシーが帰ってきたその日から、彼女は作業ズボンをぬぎすてて、それまでは日曜日とか葬式とか裁判所の公判の日などのためにとっておいた赤い服を、いつも着るようになった。さらに何週間かが過ぎるうち、彼女は、行き詰まった状況を打開するための手段を講じはじめたが、その努力は理解にくるしむような性質のものであった。もし、いとこのライマンがマーヴィン・メイシーの尻を追って町じゅうをうろつくのが見るに耐えないならば、どうしてはっきりそう言わないのか。ライマンがこれ以上マーヴィン・メイシーとかかわりを持つなら、家から追い出してしまうぞと警告して、いっぺんにけりをつけてしまわないのか。そうすれば話は簡単で、いとこのライマンは彼女の言いつけに従うか、さもなければ、この世に寄るべのない身になるという、悲しい現実に直面しなければならなくなるであろう。ところがミス・アメリアは、自分の意志をなくしてしまったようで、生まれてはじめて彼女は、いったいどういう手段をとったらよいかについて、ためらいを見せた。そして、そういう不安な立場におかれた人の多くと同じように、彼女はもっともへまなことをやってしまった——つまり、互いに矛盾するようないくつかの手段を同時にとりはじめたのである。

酒場はいつものように毎晩開かれたが、奇妙なことに、マーヴィン・メイシーが、ライマンを後に従えて、肩で風を切って入ってきても、彼女はそれを追い出そうとしなかった。それどころか、ただで酒を飲ませた上に、狂ったように顔をゆがめて笑いかけさえした。それと同時に彼女は、沼地に、もし彼がひっかかったら確実に命がなくなるような、恐ろしい落とし穴を仕掛けた。彼女はいとこのライマンに命じて彼を日曜日の食事に招いておいて、彼が階段を下りるときにころげ落とさせようとした。彼女はいとこのライマンの機嫌をとるための一大作戦を展開した——遠いところで開かれる各種の見世物につれてゆくために骨の折れる旅行をくり返し、五十キロ離れたシャトーカ（娯楽も兼ねた市民教育講座）に参加するため車を運転していったり、パレードを見物するためフォークス・フォールズまで彼をつれていったりした。なにやかやでミス・アメリアにとっては神経をすりへらすような毎日が続いた。だれの目にも、彼女は、愚者の山の昇り道へ、かなり高く迷いこんでしまったように見え、この先どうなることかと、すべての人がじっと見守っていた。

天気はふたたび寒くなり、町は冬景色に変わり、工場の最後の交代時間が終わらないうちに日が暮れた。子どもたちはありったけの着物を着て眠り、女たちは暖炉の火のそばでスカートの尻をまくって、うっとりしながら体を温めた。雨が降った後では、道路の泥が轍（わだち）の跡をそのままにかちかちに凍り、家々の窓にはランプの明かりがかすかにまたたき、桃の木はやせこけた幹をあらわにしていた。こうした暗いさびしい冬の夜には、酒場が町の暖かい中心となり、明るい灯火は四百メートルも遠くから見ることができた。部屋の奥の大きな鉄のストーブは、ごうごうぱちぱちと音を立てながら真赤に燃えた。ミス・アメリアは窓に赤いカーテンをかけ、町を通るセールスマンから、本物そっくりの紙のバラの大きな花束を買った。

しかし、酒場がこれまでになった原因は、ただ暖かいとか、装飾がきれいだとか、明るいとかいうことだけではなかった。町の人びとにとって酒場がそれほど貴重な存在になったというのには、もっと深い理由があった。そしてこの深い理由というのは、それまでこの地方では知られていなかった、ある種の誇りというものと関係がある。この新しい誇りを理解するためには、人間の生命の値の低さを考慮に入れなければならない。工場の周囲にはいつも大勢の人びとが群がっていたが――すべての家庭に十分なトウモロコシ粉と衣料と脂身（あぶらみ）が行きわたることはめったになかった。ただ生きていくのに必要な物を手に入れるだけでも、人生は果てしない憂鬱な戦いになるであろう。しかも厄介なことには、すべて有用な物には価格があり、お金がなければ買えない。それがこの世のならわしである。綿が一梱（こり）いくらか、糖蜜が一リットルいくらか、頭をひねるまでもなくすぐわかる。しかし人間の命にはなんの値段もつけられない。それはわれわれにただで与えられるものであり、お金を払わなくてももらえるものである。その命はどれだけの価値があるのだろう。振り返って見ると、ときにはその価値はきわめて低いか、なきにひとしいように思われることもある。しばしば、汗水たらして努力しても事態がいっこうに好転しないときなど、心の奥底で、自分という人間はたいした価値がないのだという気持ちが生じてくることがある。

しかし、酒場がこの町にもたらした新しい誇りは、ほとんどすべての人に、子どもにまでも影響を与えた。というのは、酒場へ来るためには、定食をとる必要もなく、酒を注文しなくてもよかったからである。五セント出せば冷たい瓶入りの飲み物があった。そのお金もない者には、ミス・アメリアは、チェリー・ジュースという名で、一杯一セントの、ピンク色でとても甘い飲み物を用意していた。Ｔ・Ｍ・ウィリン牧師をのぞいて、ほとんどすべての人が少なくとも週に一回は酒場にやってきた。子どもは、自分の家とはちがったところで寝たり、近所の家の食卓で食事をしたりするのが好きなもので、そんな場合に子どもたちは、誇りを持って、お行儀がよくなる。町の人びとも酒場のテーブルに向かってすわるときは、同じように誇りを持つ。彼らはミス・アメリアのところへ来る前には顔や手を洗い、酒場へ入るときは上品なすり足で敷居をまたいだ。ここへ来れば、少なくとも数時間は、自分はこの世でたいした価値がないという、心の奥の苦い思いを忘れることができた。

　酒場は、独身者や不幸な人びとや肺病患者たちにとって特別な恩恵であった。ついでにここで言っておくと、いとこのライマンも肺病ではないかと疑われる理由があった。灰色の目がきらきら光ること、しつこいこと、おしゃべり、咳――これらはすべてその徴候であった。それに、曲がった背骨と肺病との間には多少の関係があると一般に考えられている。しかし、ミス・アメリアに対してだれかがこの話題を口にしたときはいつでも、彼女はかんかんに怒った。いろいろな徴候についても、むきになって強く否定したが、そのかげでこっそり、いとこのライマンに、胸に熱い練り薬を塗ったり《喉によし》を飲ませたり、いろいろな治療をしていた。この冬はライマンの咳がひどくなり、寒い日でもびっしょり汗をかくことがあった。しかしそれでも彼はマーヴィン・メイシーのあとをつけまわすことをやめようとしなかった。

毎朝早く彼は家を出ると、ミセス・ヘイルの家の裏口へ行って、待ちに待った――マーヴィン・メイシーは怠け者でなかなか起きてこなかった。彼はそこに立って、低い声で呼ぶのであった。その声はちょうど、蟻地獄の幼虫が住むと思われている地面のちいちゃな穴の上にじっとしゃがみこんで、箒の藁で穴をつつきながら、哀れな声で「虫さん、虫さん、飛んでお帰り。虫のおばさん、虫のおばさん。出ておいでったら、出ておいで。お家が火事だよ。子どもがみんな焼け死ぬよ」と呼びかける子どもの声に似ていた。ちょうどそんな――悲しそうな、誘われるような、あきらめたような声で、ライマンはマーヴィン・メイシーの名前を毎朝呼ぶのであった。それから、マーヴィン・メイシーが一日の行動を開始すると、彼はそのあとについて町じゅうを回り、ときにはふたりいっしょに沼地へ出かけて何時間も帰らないことがあった。

それなのにミス・アメリアは、依然としてへまの上塗りばかりやっていた。つまり、同時にいくつかのちがったことをやろうとしていたのである。いとこのライマンが家を出ていくときには、それを呼び戻そうとしないで、ただ道路のまんなかにつっ立って、姿が見えなくなるまでさびしそうに見守っていた。ほとんど毎日のように、マーヴィン・メイシーは、食事時になるといとこのライマンといっしょに姿を現わして、彼女の食卓で食事をした。彼女は梨のジャムの瓶を開け、テーブルいっぱいにハムかチキンのいずれか、どんぶりに山盛りのグリッツや、冬生りの豆などを並べた。一度ミス・アメリアがマーヴィン・メイシーに毒を盛ろうとしたことは事実であるが、手ちがいがあって、皿を混同し、毒の皿を食べたのは彼女自身であった。食べものにちょっと苦味があったので、彼女はすぐこれに気がついて、その日は食事をしなかった。彼女は椅子に深くもたれかかって、腕をさすりながら、マーヴィン・メイシーをじっと見つめていた。

毎晩、マーヴィン・メイシーは酒場にやってきて、部屋の中央にある、いちばん上等の大テーブルに腰をおろした。いとこのライマンがそこに酒を運んできたが、代金は一セントも払わなかった。マーヴィン・メイシーはライマンをまるで沼地の蚊のように払いのけ、こうした奉仕に対してなんの感謝も示さないばかりか、彼がじゃまなときには、手の甲でたたいたり、「この野郎、どけ、頭の皮をひっぱがすぞ」と言ったりした。こんなときには、ミス・アメリアは、カウンターの後ろから出てきて、奇妙な赤いドレスを、骨ばった膝のところまで不格好に垂らした姿で、拳を握りしめて、ゆっくりとマーヴィン・メイシーのそばへ近よってくるのであった。マーヴィン・メイシーも拳を握りしめ、ふたりは互いのまわりを、ゆっくりと意味ありげにまわった。しかし、みんながかたずをのんで見守っていたにもかかわらず、なにごとも起こらなかった。まだ戦機は熟していなかったのである。

この年の冬が人びとの記憶に残って、いまだに語り草になっているのには、ひとつ特別な理由がある。たいへんなことが起こったのだ。人びとが一月二日に目をさましてみると、あたりの世界がまるで変わっていた。なにも知らない小さい子どもたちは、窓の外を見るとびっくりして泣きだした。年よりたちが昔の記憶をたどっても、この地方でこれに匹敵するような現象を思い出すことはできなかった。夜のうちに雪が降ったのである。真夜中すぎの暗い時間に、ほの白い雪片が音もなく町の上に降りはじめた。夜が明けるころには、見たこともない雪が地面をおおい、教会のルビー色の窓に積もり、家々の屋根を真白にした。雪のために町全体がやつれてわびしい感じになった。工場の近くの二間建ての住宅は、汚れて、ゆがんで、今にも倒れそうに見え、なぜか、すべてのものが黒っぽく、ちぢこまっていた。しかし、雪そのものには——このあたりの人びとが今までにほとんど見たこともないような美しさがあった。雪は、北国の人たちが描いていたような白いものではなくて、雪には、ほのかに青と銀がまじったような色合いが見られ、空はおだやかな灰色に輝いていた。そして、降る雪の夢見るような静けさ——今までに町がこんなにひっそりとしていたことがあっただろうか？

雪に対する人びとの反応はさまざまであった。ミス・アメリアは、窓の外を見ると、思いありげに裸足（はだし）の足の指を振り動かし、寝巻きの襟をぐっと首にかきよせた。そして、そこにしばらく立っていたが、やがて雨戸をしめ、家中の窓を全部閉じはじめた。彼女は完全に戸じまりをして、ランプに火をともすと、まじめくさってグリッツの食膳に向かった。こんなことをしたわけは、ミス・アメリアが雪を恐れていたためではなかった。それはただ彼女が、この新しい出来事について即座に考えをまとめることができなかったというだけのことである。彼女は、ある事柄についての自分の意見を明確に断定できないかぎり（いつもはたいてい断定できるのであるが）、それを無視したほうがいいと思っていた。彼女が生まれて以来、この地方に雪など降ったためしがなかったので、雪についてあれこれ考えたことなどなかった。しかし、雪が降ったことを認める以上は、なんらかの結論をまとめなければならないであろうが、そのころの彼女の生活には、そうでなくても気がかりなことがすでにたくさんあった。そこで彼女は、ランプをともした薄暗い家のなかを、なにごともなかったようなふりをして歩いていた。いとこのライマンはその反対で、ひどく興奮してせかせか動きまわり、彼に朝食を出してやろうとしてミス・アメリアが背中を向けたすきに、こっそりドアの外へぬけだしていった。

マーヴィン・メイシーは、雪ならまかせておけという態度であった。雪なら知っている、アトランタで見た、と言い、その日彼が町を歩きまわっている様子は、まるで雪のひとひらひとひらまでみんなおれのものだと思っているようであった。彼は、びくびくと家から這い出して、手で雪をしゃくってなめている子どもたちを見てせせら笑った。ウィリン牧師は、怒ったような顔をして道路を急ぎながら、じっと考えこんで、日曜日の説教のなかになんとか雪の話を織りこもうとしていた。大部分の人びとは、おとなしくこの驚異を喜んでいた。彼らはひそひそ声で語り合い、必要以上に「ありがとう」だの「どうぞ」だのと言い合った。もちろん何人か気の弱い連中がいて、取り乱して酔っぱらったりしたが――その数は多くなかった。だれにとってもこれは記念すべき出来事であり、多くの人がふところを勘定して、その晩は酒場へ行くことを思いたった。

いとこのライマンは、マーヴィン・メイシーの雪に対する自信たっぷりの態度を支持して、一日じゅうその後について歩いた。彼は、雪が雨とはちがった降り方をするのに感心し、夢見るように静かに降ってくる雪片をじっと見上げているうちに、目がくらんでよろけるほどであった。そして彼が、マーヴィン・メイシーの威勢のほどにあやかって、自分も鼻高々になっていることといったらたいへんなものなので、多くの人びとが彼に声をかけて、「(馬車の車輪にとまって『どうだ速いだろう』といばっている)イソップの蠅そっくりだな」と言わないではいられなかった。

ミス・アメリアは客に食事を出すつもりはなかった。だが、六時に、ベランダに足音がしたので、彼女は表のドアをそっと開けた。それはヘンリー・フォード・クリンプであった。食べ物はなかったけれど、彼女は彼をテーブルにすわらせて、飲み物を出した。やがて他の連中がやってきた。夜空は青くかすんで寒さはきびしく、雪はもう降っていなかったけれど、松の木から吹く風が、こまかい雪片を地面から舞い上がらせた。いとこのライマンは、やっと日が暮れてから帰ってきたが、それといっしょにマーヴィン・メイシーが、ブリキのスーツケースとギターを持って姿をあらわした。

「へえ、旅行かい?」それを見るとすぐミス・アメリアが言った。

マーヴィン・メイシーはストーブで体を暖めた。それから、テーブルにむかってどっかり腰をおろすと、ていねいに楊子をけずりはじめた。そして歯をほじると、何回も楊子を口から取り出してとがった先をしらべ、それを上着の袖でふいた。彼女の言葉には答えようともしなかった。

いとこのライマンは、カウンターの後ろにいるミス・アメリアのほうを見た。その表情には、懇願する様子はまったく見られず、自信たっぷりというふうであった。両手を後ろで組み、得意になって耳をぐっと引き上げた。ほっぺたは赤く、目は輝いていたが、着ている物はぐしょ濡れであった。「マーヴィン・メイシーはしばらくうちの客になるよ」と彼は言った。

ミス・アメリアはなにも反対しなかった。ただ、カウンターの後ろから出てきて、ストーブのそばへやってきた。まるで、その知らせを聞いて急に寒くなったようであった。彼女は、たいていの女が人前でやるように、スカートを二センチかそこら持ち上げて、つつましく背中を暖めたりはしなかった。ミス・アメリアにはつつましさなどはこれっぽっちもなく、部屋に男がいることをまるで忘れているように見えることが何回もあった。今も、立ったまま体を暖めていたが、赤いドレスの後ろをかなり高くまくり上げているので、がっしりした毛深い太股(ふともも)の一部が、見ようと思えばだれにでも見えるのであった。頭を片方にかしげ、うなずいたり額に皺(しわ)をよせたりしながら、なにかひとりごとを言いはじめた。何を言っているのかはっきり聞きとれなかったが、その声には非難と告発の調子がこめられていた。一方、ライマンとマーヴィン・メイシーは二階へ上がって――シロガネヨシの花瓶や二台のシンガーのミシンのある居間から、ミス・アメリアがこれまでの全生涯を過ごしてきた個室にまで入りこんでいた。下の酒場にいても、ふたりがマーヴィン・メイシーの荷物をほどいて、彼がこの家に落ち着く準備をする、ガタガタいう物音が聞こえた。

このようにしてマーヴィン・メイシーはミス・アメリアの家へ押し入ったのである。最初いとこのライマンは、自分の部屋をマーヴィン・メイシーに与えて、居間のソファーに寝ていた。しかし雪が体にこたえて、風邪がもとで冬の扁桃炎になったので、ミス・アメリアは自分のベッドを彼にゆずった。ところが居間のソファーは彼女には小さすぎて、足が外へはみ出し、床にころげ落ちることが何回もあった。おそらくこの睡眠不足が原因であろうか、彼女の頭の冴えにも曇りが生じて、マーヴィン・メイシーを攻撃するためにやろうとしたことが、みんな自分自身にはね返ってきた。自分で仕掛けた罠にひっかかり、なさけない目にあうことがしばしばあった。しかしそれでもマーヴィン・メイシーを家から追い出そうとしなかったのは、ひとりになるのがこわかったからである。一度他人といっしょに住むと、ひとりぼっちになるのが非常な苦痛になる。突然時計の音が止まって、暖炉の火に照らされた部屋がしんと静まり、がらんどうの家のなかで物の影がゆれる——ひとり暮らしの恐ろしさに耐えるくらいなら長年の敵とでも同居するほうがまだましだ。

　雪は永くは降らなかった。やがて日が出て、二日のちには町は以前とまったく同じに戻った。それでもミス・アメリアは、雪の最後のひとひらが解けるまで家を開けなかった。それから彼女は大掃除をやって、家じゅうの物をみんな日にあてて乾かした。しかしそれより前に、彼女がふたたび庭に出てまっさきにやったことは、ムクロジの木のいちばん大きな枝にロープをしばりつけることだった。そのロープのはじに彼女は、砂をぎっしり詰めた麻の袋を結びつけた。これが彼女の手製のパンチング・バッグで、その日から彼女は毎朝庭へ出ては、これを相手にボクシングの練習をした。すでに彼女はいい腕まえで——フットワークは少し鈍かったが、その欠点を補うのに十分なくらい、相手を押さえたり締めつけたりするあらゆる巧妙なテクニックを心得ていた。

　前にも言ったように、ミス・アメリアは背丈が一八八センチあった。マーヴィン・メイシーはそれより二センチ半低かった。体重はほとんど同じで、両者とも七十二キロ近くあった。マーヴィン・メイシーは、動きが敏捷で胸ががっしりしているという長所を持っていた。事実、外面的に判断するかぎりでは、どうみても彼のほうに分があった。それなのに町のほとんどすべての人がミス・アメリアの勝ちを予想して、マーヴィン・メイシーに金を賭ける者はほとんどひとりもいなかった。町じゅうの人が、ミス・アメリアと、彼女をだまそうとしたフォークス・フォールズの弁護士との大決戦を記憶していた。この弁護士はたくましい大男であったが、彼女に止めを刺されたときには、ほとんど死んだも同然になっていた。人びとの印象に残ったのは、彼女のボクサーとしての技能だけではなかった——彼女はこわい顔をしたり、すごい声を出したりして、敵の戦意を喪失させたので、見物人までもときには尻ごみすることがあった。彼女は恐れを知らず、しかもパンチング・バッグを相手に真剣に練習を重ねていたが、こんどの場合は明らかにこのやり方は正しかった。そこで人びとは彼女の勝利を信じ、時の来るのを待っていた。もちろんこの戦いには決められた日付はなかった。見逃しようのないほど明らかな徴候があるだけであった。

この間いとこのライマンは、小さなひきつった顔に満足の色を浮かべて、いばって歩いていた。いろいろ巧妙なやり方でこっそりと、彼はふたりのあいだに波風を立てた。彼はたえずマーヴィン・メイシーのズボンを引っぱって、自分のほうに注意を引こうとした。ときにはミス・アメリアのあとについて歩くこともあったが——このごろではそれもただ、彼女が長い足で不器用に歩くのをまねするだけが目的であった。

彼は、彼女がフリークに見えるように、目つきをゆがめたり、いろいろな身ぶりをまねてみせた。このやり方にはどこかぞっとするようなところがあったので、酒場の客ではいちばんおどけ者の、たとえばマーリー・ライアンでさえも笑わなかった。ただマーヴィン・メイシーだけが、口を左へまげるようにして薄笑いした。こんなときにはミス・アメリアは、ふたつの感情の板ばさみになって迷うのであった。彼女は、途方にくれた、みじめな非難の目をいとこのライマンに向けたかと思うと、こんどはマーヴィン・メイシーのほうへ向き直って歯をくいしばるのであった。

「いまに見ろ！」彼女はくやしそうに言った。

するとマーヴィン・メイシーは、たいていは、椅子のそばの床からギターを取り上げるのであった。彼はいつも口のなかに唾がたまりすぎていたので、その声は濡れてねばねばしていた。そして彼の歌の調べは、鰻（うなぎ）のようにぬるぬると喉から流れ出た。強い指ながら繊細な技巧で弦を鳴らし、何を歌っても、人をうっとりさせながら、また、いらだたせるようなところがあった。これはいつもミス・アメリアにとって耐えがたいことであった。

「いまに見ろ！」彼女は大声でくり返した。

しかしいつもマーヴィン・メイシーは、それに対する答えを用意していた。彼は弦をおさえて、震えるような余韻のひびきを止め、自信に満ちた横柄な口調でゆっくり答えた。

「おれにむかってどなってることは、みんな自分にはね返るんだぞ！　ほうい！　ほうい！」

　この窮地を脱する方法はだれも発明していないので、彼女はなすすべもなくそうして立っていなければならないであろう。自分にはね返ってくるような悪口をどなることはできないであろう。彼は彼女の鼻をあかし、彼女はなにも打つ手がなかった。

　このようにして事態は推移していった。夜のうちに二階の部屋で三人のあいだに何が起こったか、それはだれも知らなかった。しかし酒場は毎晩のようににぎわいを増していった。新しいテーブルを入れなければならなかった。レイナー・スミスという狂人が、何年も前に沼地にひっこんで、隠者という仇名をつけられていたが、この男までも、この情況を風のたよりに聞き知って、ある晩、明るい酒場の窓をのぞいて、なんのための人だかりかをさぐりにやってきた。そして毎晩のクライマックスは、ミス・アメリアとマーヴィン・メイシーが拳を固め、戦う身がまえをして、互いににらみ合う、その瞬間であった。普通はこの瞬間は、なにか特別な言い争いがあった後にやってくるというわけではなくて、両者それぞれの本能のようなものによって、不思議な形で到来するのであった。このときには、酒場はしんと静まり返って、造花のバラの花束がすきま風でさらさらいう音まで聞こえるほどであった。そして、ひと晩ごとに、ふたりが戦うかまえをとる時間は、前の晩より少しずつ長くなっていくのであった。

決戦が行なわれたのは二月二日のグラウンドホッグの日（マーモットの一種グラウンドホッグが穴から出て、もし地上に自分の影を見れば、さらに六週間の冬ごもりに引き返すと言われる日）であった。雨降りでも日照りでもなく、温度も中くらいの、申し分のない天候であった。これが指定の日だという徴候がいくつかあったので、十時にはその知らせはあたり一帯に広がっていた。朝早くミス・アメリアは外へ出ると、パンチング・バッグを切り落とした。マーヴィン・メイシーは、豚の脂を入れたブリキ缶を膝にはさんで裏口の踏み段に腰をおろし、両腕と両脚に入念に脂をすりこんだ。胸を血に染めた一羽の鷹が町の上空に飛んできて、ミス・アメリアの地所のあたりを二回ぐるぐる回った。酒場のテーブルは裏のベランダに運び出され、大きな部屋全体が戦いのためにきれいにかたづけられた。徴候はすべてそろっていた。ミス・アメリアもマーヴィン・メイシーも、食事に生焼けのロースト肉を四回もおかわりし、午後は力をたくわえるために横になった。マーヴィン・メイシーは二階の大きな部屋で休み、ミス・アメリアは事務所のベンチに長々と寝そべった。彼女の血の気のない緊張した顔を見れば、なにもしないでじっと横になっていることがどんなに苦痛であるかがよくわかったが、それでも彼女は、目を閉じ、胸の上に両手を組んで、死んだようにじっとして寝ていた。

いとこのライマンにとっては忙しい一日であった。彼の小さな顔は興奮でひきつって、こちこちになっていた。彼は自分で弁当を作って、グラウンドホッグをさがしに出かけた——そして一時間もたたないうちに帰ってきたが、弁当は食べていた。彼の話では、グラウンドホッグが自分の影を見たので、これからは悪い天気になるということであった。その後、ミス・アメリアとマーヴィン・メイシーがふたりとも力をつけるために休んでいて、彼ひとりおきざりにされたので、表のベランダのペンキ塗りでもしようかと、ふと思いついた。この家はもう何年もペンキを塗っていなかった——それどころか、そもそもペンキを塗ったことがあるのかどうかもあやしかった。いとこのライマンはごそごそ動きまわっていたが、やがてベランダの床の半分を派手な明るい緑色に塗り上げた。ペンキがベタベタついて、体中をよごしてしまった。彼らしいやり方だが、床を塗り終えないうちに壁のほうに切りかえて、手の届くかぎり高く塗り、さらに三十センチでも高く塗ろうと木箱の上によじのぼった。ペンキがなくなったとき、床の右側は明るい緑色に塗られ、壁の一部分がギザギザの塗りかけになっていた。いとこのライマンはそのままで仕事を終わりにした。

　彼がペンキを塗って喜んでいるところは、どことなく子どもっぽかった。この点について奇妙な事実を述べなければならないが、この町のだれひとり、ミス・アメリアでさえも、彼が何歳であるか、全然知らなかった。彼が町へ来たときはまだ子どもで、十二歳くらいだったと主張する人もいたが――四十をとっくに過ぎていることはまちがいない、と言う人もあった。じっと見つめるような青い目は子どものようであったが、その青い目の下には、年を物語るような薄紫色の小皺の影が見えた。奇妙に曲がった体を見ただけで年をあてることは不可能であった。それから、歯もなんの手がかりにもならなかった――歯はまだ全部そろっていた（ただ、ペカンの実を噛んで割ろうとして二本折れた）が、甘いものの食べすぎで黄色く染まって、古い歯なのか若い歯なのか見分けがつかなかった。ずばり何歳かという質問に対して、彼は、全然知らないとはっきり言った――この世に生まれて何年になるか、十年か百年か、さっぱりわからない！　こうして彼の年齢は謎のままであった。

　いとこのライマンは、ペンキ塗りを午後の五時半に終えた。寒くなって、空気にしめった味がした。松林のほうから風が吹き起こって、窓をガタガタ鳴らし、道路の向こうから吹き飛ばされた古新聞が、しまいに茨の木にひっかかった。田舎からやってくる人びとの姿が見えはじめた。満員の自動車の窓から子どもが首をつき出し、馬車を引くおいぼれの騾馬たちは、ものうく不機嫌な薄笑いを浮かべたような顔で、疲れた目をなかば閉じてとぼとぼ歩いていた。ソサエティ・シティーから来た三人の少年がいた。三人とも黄色いレーヨンのシャツを着て、帽子をさかさまにかぶっていた――三つ子のようによく似たこの少年たちは、闘鶏とか伝道集会には必ず姿を見せた。六時には工場の汽笛が鳴って、一日の仕事の終わりを告げ、見物の群衆は出そろった。もちろん、初めて来た連中のなかには、えたいの知れないやくざ者もまじっていたが――そのわりには集まった人びとはおとなしかった。しんとした空気が町全体をおおい、薄れゆく光のなかで人びとの顔は異様に見えた。夕闇が静かに迫り、しばらく空は薄く澄んだ黄色に輝いて、それを背景に教会の破風(はふ)が黒い輪郭だけを浮き出させていたが、やがて空の明かりもゆっくり消えて、次第に夜の闇へと移っていった。

七は人の好む数であるが、特にミス・アメリアのお気に入りであった。しゃっくりには水七杯、首の痙攣(けいれん)には貯水池のまわりを七回走れ、おなかの虫には《アメリアのびっくり通じ薬》を七服、というぐあいで、彼女の治療法にはほとんど常に七という数字が重要なポイントになっていた。それはさまざまな可能性を秘めた数であって、秘儀や呪文を好む人はこの数を重視するのである。そんなわけで、決戦は七時に行なわれるものと思われた。すべての人がこれを知っていたが、それは言葉などで発表したわけではなくて、雨が降るときは自然にわかり、沼の悪臭がつたわるように、言わなくてもひとりでにわかったのである。こうして七時前には、すべての人が厳粛な顔をして、ミス・アメリアの地所を取りかこんだ。いちばん利口な連中は酒場のなかへ入りこんで、部屋の壁ぎわに並んで立った。ほかの者たちは表のベランダへ押し入り、あるいは庭先に位置を占めた。

ミス・アメリアとマーヴィン・メイシーはまだ姿を現わさなかった。ミス・アメリアは、午後のあいだずっと事務室のベンチで休んだあとで二階へ上がっていった。これに対していとこのライマンはいつもそこらにいて、群衆の間をすりぬけ、神経質に指を鳴らしたり、目をぱちぱちさせたりしていた。七時一分前になると、彼は、ちょろちょろと酒場のなかへもぐりこんで、カウンターによじ登った。場内はしんと静まり返った。

まるでなんらかの形であらかじめ約束ができていたように、時計が七時を打つと同時に、ミス・アメリアが階段の上に姿を現わした。同じ瞬間にマーヴィン・メイシーが酒場の前に姿を見せ、群衆は黙って彼のために道をあけた。ふたりは拳をすでに固く握りしめ、夢見る人のような目つきをして、急ぐ様子もなくゆっくりと歩みよった。ミス・アメリアは赤いドレスを古い作業ズボンに着がえ、そのズボンは膝までまくり上げられていた。足は裸足で、右手の手首は鉄製のバンドで保護してあった。マーヴィン・メイシーもズボンをまくり上げていた——上半身を裸にして、体にたっぷり脂を塗っていた。足には、刑務所を出るときに支給されたがっしりした靴をはいていた。群衆のなかからスタンピー・マックフェイルが歩み出ると、右手の手のひらでふたりの尻のポケットをたたいて、隠しナイフなどがないことを確かめた。そして彼らは、明るい酒場の、だれもいない中央にふたりきりで立った。

なにも合図はなかったが、ふたりは同時に打ち合った。その拳はいずれも相手の顎に当たったので、ミス・アメリアとマーヴィン・メイシーの首ががくっと後ろへ曲がって、ふたりともちょっとよろめいた。この最初の一撃のあと数秒は、彼らはただ、むき出しの床の上に足を動かせて、さまざまなかまえをためしてみながら、拳を出して相手をさそった。それから、山猫のように、ふたりは突如相手におそいかかった。打ち合いの音、はげしい息づかい、床を踏む足音が聞こえた。すごい早さなので、どうなっているのか形勢を見てとることもむずかしかったが——一度はミス・アメリアが打ちのめされて、よろめき、ほとんど倒れそうになったかと思うと、こんどはマーヴィン・メイシーが肩に一発くらって、コマのようにきりきり舞いした。こうして戦いは猛烈な勢いで続けられ、どちらの側にも弱る気配は見られなかった。両者ともに速くて強い、このような決闘のあいだには、しばらくは混戦そのものから目をそらして、見物人の様子を観察するのもむだではない。人びとは、壁にできるだけべったりへばりついていた。スタンピー・マックフェイルは一隅にいて、体をかがめ、気分がのりうつって自分でも拳を固め、奇妙な声をあげていた。マーリー・ライアンはあわれにも、あまり大口をあけていたので蠅が一匹とびこんで、自分でもどうしたのかわからないうちに飲みこんでしまった。それから、いとこのライマンであるが、これは見ものであった。彼は依然としてカウンターの上に立っていたので、酒場のだれよりも高い位置にあった。両手を腰にあて、大きな頭を前につき出し、短い足を蟹股になるほど曲げていた。あまりの興奮のため発疹が出て、青白い口をぴくぴく震わせていた。

三十分ばかりたったであろうか、戦局に変化が生じた。それまで何百という打ち合いがあったのだが、戦況は依然として膠着状態であった。そのとき突然マーヴィン・メイシーは、うまくミス・アメリアの左腕をつかんで、背中の後ろで押さえつけた。彼女はもがいて逃れると、彼の腰に抱きついた。いよいよ本当の戦いが始まったのである。この地方では、取っ組み合いが自然な戦いの形であった――ボクシングは速すぎて、あまりにも頭の働きと精神の集中を必要としすぎる。こうしてミス・アメリアとマーヴィン・メイシーが取っ組み合いに移ったので、群衆も眩惑状態から目がさめたように、ふたりの近くに詰めよった。しばらくは組んずほぐれつのつかみ合いが続いた。前進後退、右に左にとふたりはめまぐるしく動いた。マーヴィン・メイシーはまだ汗をかいていなかったが、ミス・アメリアの作業ズボンはびっしょりで、足からもおびただしい汗が流れ出て、床に濡れた足跡が残るほどであった。いよいよ最後の試練のときがやってきたが、死力をふりしぼるこのときにあたって、力の差を見せたのはミス・アメリアのほうであった。マーヴィン・メイシーは脂だらけでつるつるして、なかなかつかみにくかったが、それでも彼女のほうが強かった。次第に彼女は彼の体をねじまげて、じりじりと床の上に押しつけていった。見るも息づまる光景で、酒場のなかに聞こえるのは、ふたりの腹の底から出る、かすれた息づかいだけであった。ついに彼女は彼を倒して、その上にまたがった。彼女のがっしりした大きな手が彼の喉にかかった。

しかしその瞬間、勝負あったと思われたちょうどそのとき、ひとつの叫び声が酒場中にひびきわたって、背筋に強烈な戦慄を走らせた。そのときに起こったことは、今日にいたるまで謎に包まれたままである。町じゅうの人がそこにいて出来事を目撃していたのであるが、なかにはわれとわが目を疑う人がいた。というのは、いとこのライマンが立っていたカウンターは、酒場の中央で戦っているふたりから少なくとも三メートル半は離れていたというのに、ミス・アメリアがマーヴィン・メイシーの喉をつかんだ瞬間、彼はぱっと跳び上がって、まるで鷹の翼が生えたように空中を飛んだからである。彼はミス・アメリアのがっしりした広い背中にとびおり、爪を伸ばした小さな指で彼女の首をぐっとつかんだ。

そのあと室内は混乱に陥った。群衆がやっと正気に返ったときには、ミス・アメリアは敗北していた。いとこのライマンのおかげで戦いはマーヴィン・メイシーの勝利に帰し、最後にはミス・アメリアは床の上に大の字に倒れ、両腕を投げだしたまま身動きもしなかった。マーヴィン・メイシーはその上に立ちはだかって、少し目はとびだしていたが、相変わらず口を少し開いた薄笑いを浮かべていた。ところがいとこのライマンは突然姿を消してしまった。おそらく彼は自分のやったことに肝をつぶしたのか、あるいはうれしさのあまり自分ひとりで勝利を祝いたかったのか――いずれにしても彼はこっそり酒場からぬけだし、裏口の踏み段の下にもぐりこんでいた。だれかがミス・アメリアに水をかけたので、しばらくすると彼女はゆっくり立ち上がって、体を引きずるように事務室のなかに入っていった。ドアが開いていたので、群衆は彼女が机に向かって、腕で頭をかかえるようにしてすわっているのを見ることができたが、彼女は、かすれた声をふりしぼって、あえぐように泣いていた。一度右手の拳(こぶし)をやっとにぎりしめて、事務机のてっぺんを三度たたいたが、すぐにその手も力なく開いて、手のひらを上にしてだらっとしたまま動かなくなった。スタンピー・マックフエイルが進み出てドアを閉めた。

群衆は声もなく、人びとはひとりずつ酒場を立ち去った。寝ていた騾馬は起こされて縄をほどかれ、自動車のエンジンがかけられ、ソサエティ・シティーから来た三人の少年は徒歩で道路をぶらぶらと歩いていった。こんな戦いは、後々まで回顧してくわしく語り合うようなものではなかった。人びとは家へ帰って、頭まですっぽり布団をかぶった。ミス・アメリアの家をのぞいては町は真暗になったが、そこだけはすべての部屋にひと晩じゅう明かりがついていた。

マーヴィン・メイシーといとこのライマンは、夜明けの一時間かそこら前に町を出ていったにちがいない。彼らは立ち去る前に、こんなことをやっていった。

貴重品を入れた飾りダンスの鍵をあけて、なかにある物を全部持ち去った。

自動ピアノをこわした。

酒場のテーブルにひどい言葉を彫りつけた。

後ろの蓋が開いて滝の絵が出てくる時計を見つけて、それも取った。

モロコシのシロップを台所の床に一ガロンもぶちまけ、ジャムの瓶をたたきこわした。

沼地に出かけていって、醸造所を完全に破壊し、新しいコンデンサーとクーラーをめちゃめちゃにし、小屋本体には火を放った。

ミス・アメリアの大好きな料理のソーセージ入りグリッツを作って、それにこの地方の全住民を殺せるくらいの毒をまぜ、おいしそうなその皿をカウンターの上においた。

彼らは、ミス・アメリアがその夜を過ごした事務室のなかへ実際に押し入りはしなかったものの、そのほかは思いつくかぎりの破壊行為をやってのけた。それからふたりいっしょに、仲よく姿を消した。

こういうわけでミス・アメリアは、たったひとり町に残されることになった。この町の人びとは、親切をほどこす機会があればいつでもそうしたいと思っている人が多かったので、やり方さえわかれば彼女を助けたであろう。何人かの主婦は箒を持って顔を出し、あとかたづけをしようと申し出た。しかしミス・アメリアは、うつろな斜視の目でじろっと彼らを見ただけで、首を振った。三日目にスタンピー・マックフェイルがクイーニーの棒タバコを一個買いに来たが、ミス・アメリアは、値段は一ドルだと言った。酒場のすべての物の値段が、いきなり一ドルに上がってしまった。そんな酒場があるものだろうか。それからまた、医者としての彼女もすっかり変わってしまった。それまでは長年のあいだ、チーホーの医者よりもずっと人気があった。患者の心をなぶって、酒やタバコなどの必需品を取り上げるようなことはしたことがなかった。患者に向かって、スイカの揚げたのを食べてはいけないとか、そもそも患者のほうで食べたいと思ったこともないものを、食べるなと注意深く警告したりすることは、ごくまれにしかやらなかった。ところが今では、こうした賢明な治療がすっかり影をひそめた。彼女は患者の半分に向かっては、すぐ死んでしまうと宣告し、残りの半分に向かっては、正常な人間ならば夢にも思いつかないような、突拍子もない残酷な治療法を勧めた。

ミス・アメリアは髪の毛がぼうぼうに伸びるにまかせ、そこに白いものが混じっていた。顔が長くなり、たくましかった体の筋肉も縮んで、頭のおかしいオールドミスらしいやせ方になっていた。そしてあの灰色の目も、日がたつごとに次第に斜視の度を増して、まるでふたつの目が互いに相手をさぐり合って、悲哀と孤独なあきらめの視線をひそかに交わしているように見えた。彼女の声は耳ざわりのよいものではなくなり、毒舌はひどくきびしいものになっていた。

だれかがいとこのライマンの話をしても、彼女はただこう言うだけであった。「へっ！　あいつをつかまえたら、腸をひきずり出して、猫の餌にしてやるんだ！」しかし、ぞっとするのはその言葉の内容ではなくて、声の調子であった。その声は昔の力強さを失っていた。「あたしが結婚したあの織機直し」と言ったり、そのほか敵を呼ぶときの、あの憎しみのこもった声の響きはもはやなかった。声が割れて低くなり、教会のポンプオルガンのようにぜいぜいいう哀れっぽい声になっていた。

三年のあいだ、彼女は毎晩のように入口の踏み段に腰をおろして、たったひとりで黙って、道路の向こうを見つめて待っていた。しかし、いとこのライマンはついに帰ってこなかった。マーヴィン・メイシーが彼に命じて家の窓から忍び込ませ、盗みをしているといううわさがあり、また、マーヴィン・メイシーが彼を見世物に売りとばしたといううわさもあった。しかしこのうわさは両方とも、もとをたどってみるとマーリー・ライアンの口から出たものであることがわかった。四年目になってミス・アメリアは、チーホーから大工を呼んで家を板で囲わせ、それ以来ずっとこの閉じられた家のなかにこもったままでいる。

ほんとうにわびしい町だ。八月の午後、道路はがらんとして、ほこりだけが白くつもり、空を見上げるとガラスのようにまぶしい。何ひとつ動かない——子どもの声もせず、聞こえるのは工場のぶうんという音だけである。桃の木は毎年の夏ごとにますますねじ曲がってゆくように見え、くすんだ灰色の葉は弱々しくつやがない。ミス・アメリアの家は右のほうへひどく傾いて、完全に崩壊するのも今では時間の問題になり、人びとは気をつけて庭の近くを歩かないようにしている。町ではよい酒が買えなくなった。いちばん近い醸造所でも十三キロ離れており、そこの酒は、飲むと肝臓に南京豆くらいの大きさの疣(いぼ)ができ、頭がぼんやりして危険な瞑想の世界へ迷いこむような、ひどい酒であった。町にはまったく何ひとつすることがない。工場の貯水池のまわりを歩くか、くさった木の切り株を蹴りながら立っているか、それとも教会のそばの道ばたにころがっている、おんぼろの馬車の車輪をどう始末したものかを考えるか。人の心は退屈とともに朽ちはてる。フォークス・フォールズの街道まで出ていって、囚人の歌声でも聞くよりしかたがない。

十二人の男

フォークス・フォールズ街道は町から五キロ離れたところにあるが、鎖につながれた囚人たちが作業を続けているのはここである。石を敷いて舗装した道路だが、でこぼこの個所を補修し、危険な場所があったので道幅を広げるように郡役所で決めたのであった。囚人は十二人のグループで、白黒の縞模様の囚人服を着て、足首を鎖でつながれている。銃を持った監視人がいて、まぶしい日光に細めた目が赤く見える。囚人たちの労働は一日じゅうつづき、夜が明けてまもなく刑務所の護送車に詰め込まれて到着し、うす暗い八月の黄昏どきにまた運び去られるのであった。鶴嘴が道路の土に打ちこまれる音が一日じゅうひびき、強い日光が照りつけ、汗のにおいが漂った。そして毎日歌声が聞こえた。まず、濁声のひとりが最初の一節を半ば歌うように、半ば問いかけるようにくり出す。しばらくすると、もうひとりの声がこれに応え、やがて全部の囚人が歌いはじめるのであった。金色の日光のなかに濁った歌声が流れ、その音調には暗い悲しみと明るい喜びとが複雑に交じり合っていた。歌声が高まって、ついには、その声は、鎖につながれた十二人の囚人の口から出たものではなくて、大地そのもの、あるいは広い空から聞こえてくるように思われた。それは心を広げ、聞く者を恍惚と恐怖で冷たくさせる歌声である。やがて歌声は次第に低くなり、しまいにはたったひとりのさびしい声だけとなり、そして、大きなかすれた声が一呼吸したあとは、静寂のなかに日が照りつけ、鶴嘴の音が聞こえるだけである。

こんな歌声を聞かせるのは、どのような囚人の一団であろうか。それはただの十二人の平凡な男たちで、この郡出身の、七人は黒人で、五人は白人の若者である。十二人のただの男が、いっしょの仲間になっているだけなのである。

騎手

騎手（ジョッキー）は食堂の入口まで来たが、それから、ちょっと横へよって、背中を壁に向けたまま、じっと立っていた。シーズンに入って三日目というので、町じゅうのホテルは満員で、この室内も人でいっぱいだった。食堂に飾られた八月のバラの花束から落ちた花びらが、白いテーブルクロスに散らばり、隣のバーからは、酔ったように興奮した人声が流れてきた。騎手は背中を壁に向けてなにかを待ちながら、小皺（こじわ）のよった目をすぼめて、室内をじろじろ見ていた。部屋のなかをよく見ているうちに、やがて彼の目は、対角線の反対側にあるテーブルに向けられたが、そこには三人の男がすわっていた。じっと見つめている騎手は、顎（あご）を上げ、首を一方に反らし、小さな体をこちこちに緊張させ、指が灰色の鉤爪（かぎづめ）のように内側に曲がるほど両手に力を入れていた。このようにして食堂の壁を背に緊張して立ったまま、彼はいつまでもじっと待ちつづけた。

彼はその晩、緑色の絹の服を着ていたが、一分のすきもない仕立てで、子どもの衣装くらいのサイズであった。ワイシャツは黄色で、ネクタイは淡い色調の縞（しま）模様のものだった。帽子はかぶっていないで、おかっぱのようになでつけた前髪がぺったり額にはりついていた。ひきつったような灰色の顔は年齢の見当がつかなかった。こめかみのところのくぼみが陰になっていて、口をぎゅっと締めたまま笑いを浮かべていた。しばらくすると彼は、こちらから見つめていた三人のうちのひとりに、自分も見られていることに気がついた。しかし騎手は頭を下げもしなかった。彼はただ、顎をいっそう高く上げ、上着のポケットに、ぴんと張った手の親指をひっかけただけであった。

隅のテーブルの三人というのは、調教師（トレーナー）と、ノミ屋と、金持ちの男だった。調教師はシルベスターという名で——大柄の、締まりのない体格で、鼻が赤く、どんよりした青い目をしていた。ノミ屋はシモンズといった。金持ちの男は、セルツァー（ソーダ水の意味がある）という馬の持ち主で、この馬に騎手はその日の午後乗っていた。三人ともウイスキーソーダを飲んでいて、そこへ白い上着の給仕がディナーのメインコースを運んできた。

騎手に最初気がついたのはシルベスターだった。彼は急いで目を逸（そ）らすと、ウイスキーのグラスを置いて、落ち着かない様子で赤い鼻の先を親指で押した。「ビッツィー・バーロウだ」彼は言った。「向こうのはじに立って、こっちを見ている」

「ああ、騎手か」金持ちは言った。彼は壁のほうを向いていたので、半分振り返るようにして後ろを見た。「こっちへ来いと言え」

「とんでもない」シルベスターは言った。

「あいつはいかれてる」シモンズが言った。ノミ屋の声は平板で、なんの抑揚もなかった。生まれつきの賭博師という顔で、うまく隠してはいるが、不安と欲望の間に板ばさみになったまま動きのとれない表情がうかがわれた。

「まあ、そこまではいってないだろう」シルベスターが言った。「やつのことは昔から知っているが、半年ばかり前まではまともだった。だが、こんなことをやっていると、あと一年はもたないな。とてももつまい」

「もとはといえばマイアミの一件さ」シモンズが言った。

「どうしたんだ」金持ちが尋ねた。

シルベスターは部屋の向かい側にいる騎手のほうをちらっと見ると、赤くて厚い舌で口の隅をなめた。「事故です。若い騎手がトラックで怪我をしまして、足と腰の骨折ですが、これがビッツィーの仲よしだったんです。アイルランドの出で、騎手としてもなかなかのやつでした」

「かわいそうに」金持ちは言った。

「ええ。ふたりは大の仲よしでした」シルベスターは言った。「ビッツィーのホテルの部屋にはいつもやつがいます。ふたりでブリッジをしているか、さもなければ床にねころんでいっしょにスポーツ欄を読んでいます」

「うん、よくあることだ」金持ちは言った。

シモンズはビフテキにナイフを入れた。彼はフォークの先を皿にあてて、ナイフの刃で注意深くマッシュルームを盛り上げた。「あいつはいかれてる」彼は繰り返した。「あいつを見ると虫唾が走るよ」

食堂のテーブルはみんなふさがっていた。中央の宴会用テーブルではパーティーが開かれていて、緑と白のまだらの八月の蛾が、外の夜空から舞いこんで、きれいなロウソクの炎のまわりをバタバタ飛んでいた。フランネルのスラックスをはいてブレザーを着た女の子がふたり腕を組んで、食堂を横切ってバーのなかへ入っていった。外の大通りからはかん高い休日の騒音が響いてきた。

「八月のサラトガ（ニューヨーク州にある保養地サラトガ・スプリングスのこと。八月の競馬で有名）は、ひとり平均にして、世界中でいちばん金持ちの町だそうですが」シルベスターは金持ちのほうを向いて言った。「どうでしょう?」

「知らないね」金持ちは言った。「そうかもしれんな」

上品な手つきで、シモンズは、口についた脂(あぶら)を人さし指の先で拭(ふ)きとった。「ハリウッドはどうでしょう。それからウォール街――」

「待て」シルベスターが言った。「やつがこっちへ来るぞ」

騎手は壁のそばを離れて、隅のテーブルのほうへ近づいてきた。一歩(ひとあし)ごとに足を外へ半円形に振り、そのたびに踵(かかと)が床の赤いビロードの絨毯(じゅうたん)にぐっと食いこむような、気どった、威張った歩き方であった。来る途中で、宴会のテーブルにすわっていた、白い繻子(しゅす)の服を着た太った女の肘をこすった。彼は一歩さがると、目はとじたまま、上品な格好をつけて深々とおじぎをした。こちらまで来ると、彼は椅子を引いて、あいさつひとつするでもなく、灰色の顔の固い表情を全然くずさないまま、テーブルの一隅の、シルベスターと金持ちとの間に腰をおろした。

「食事はすんだか?」シルベスターが尋ねた。

「食事なんてもんじゃねえ」棘(とげ)のある声だが、高くてよく通った。

シルベスターは、ナイフとフォークをゆっくりと皿の上においた。金持ちはすわり直すと、横向きになって足を組んだ。この男は綾織りの乗馬ズボンに、よく磨いてない長靴をはき、古ぼけた茶色の上着を着ていた——競馬のシーズン中は朝から晩までこの服装で、ただし実際に馬に乗っている姿はだれも見たことがなかった。シモンズは食事を続けていた。

「ソーダ水でも一杯飲むか？」シルベスターが尋ねた。「それともほかになにか？」

騎手は答えなかった。彼はポケットから金のシガレットケースを取り出してパチンと開けた。なかには何本かのタバコと小さな金のペンナイフが入っていた。彼はそのナイフで一本のタバコを半分に切った。タバコに火をつけると、彼は、テーブルのそばを通りかかった給仕に手を上げた。「ケンタッキー・バーボンを頼む」

「いいか、よく聞け」

「なにがよく聞けだ」

「おとなしくしろ。おとなしくしろと言ったらわからんか」

騎手は口の左側をぐっと引き上げて、露骨な嘲笑（ちょうしょう）の表情を作った。彼は、いったんテーブルの上に広げられた料理に視線を落としたが、すぐにまた目を上げた。金持ちの前には、クリームソースで焼いてパセリをあしらった魚のキャセロール（蒸し焼き）が置いてあった。シルベスターは卵料理を注文していた。そのほかアスパラガスや、新鮮なバターをまぶしたトウモロコシや、塩漬けの黒いオリーブの小皿などがあった。テーブルの一隅の、騎手の前には、フレンチフライの皿が置かれていた。彼は二度と食べ物は見ようとせず、目をすぼめて、テーブルの中央に飾られた満開の薄紫色のバラを見つめていた。「マグワイア（アイルランド系の名）という名前の人間を覚えちゃいないだろうが」騎手は言った。

「いいか、よく聞け」とシルベスター。

給仕がウイスキーを持ってきたが、騎手は胼胝(たこ)のできた、小さながっしりした手でグラスをもてあそびながらすわっていた。手首には金の輪をつらねた腕輪(ブレスレット)をはめていたが、それがテーブルのはじに当たってちりんと鳴った。両手の手のひらにはさんでグラスをぐるぐる回していた騎手は、いきなりそれを口にあてて、ストレートのままぐいぐいと二回で飲みほした。そしてグラスをかちんと下に置いた。「あんたの記憶力じゃ、そんな遠い昔のことは覚えちゃいねえだろうな」

「覚えているとも」シルベスターは言った。「いったいどうしたっていうんだ。やつから今日は便りがあったか」

「手紙が来たよ」騎手は言った。「その話題の人物はだな、水曜日にやっとギプスがとれたそうだ。片方の足がもう一方より短くなった。それだけのことよ」

シルベスターはちっと舌を鳴らし、首を振った。「おまえの気持ちはよくわかる」

「おわかりかね」騎手はテーブルの上の料理に目を向けていた。彼は、魚のキャセロールからトウモロコシへと視線を移し、最後にフレンチフライの皿をじっと見つめた。そして、表情をこわばらせたと思うと、急に顔を上げた。一輪のバラがくずれ落ちた。彼はその花びらのひとつをつまみ上げると、親指と人さし指でくしゃくしゃにして、口のなかへほうりこんだ。

「よくあることだ」金持ちが言った。

調教師とノミ屋は食事を終えていたが、彼らの皿の前の盛り皿にはまだ料理が残っていた。金持ちは脂のついた指をフィンガーボールにひたしてから、ナプキンで拭きとった。

「どうだ」騎手は言った。「なんか食い物を回してやろうか？　それとも改めて別の物を注文するかね？　もういっちょうビフテキでもいかがですか、みなさん？　それとも――」

「たのむ」シルベスターは言った。「おとなしくしてくれ。早いとこ二階へ行ったらどうだ？」

「なるほど、結構ですな」騎手は言った。

彼は気どった調子でいちだんと声を張り上げたが、そこにはヒステリックな泣き声のような鋭い響きがこもっていた。

「早いとこ二階の部屋へひっこんで、うろうろして、手紙でも書いて、さっさとおとなしく寝たらどうだ？　早いとこ――」騎手は椅子を押して立ち上がった。「勝手にしろ」彼は言った。「勝手にしろってんだ。おれは飲む」

「自分の墓穴を掘るようなまねだけはするなよ」シルベスターは言った。「自業自得ってことは知ってるな。自分でもよくわかってるな」

　騎手は食堂を出てバーへ入っていった。そしてマンハッタンを注文した。シルベスターが見ていると、騎手は、踵（かかと）をきっちり合わせ、体を鉛の兵隊のように固くして立ったまま、カクテルのグラスの上へ小指を出して、酒をゆっくりすすっていた。

「やつはいかれてる」シモンズは言った。「おれの言ったとおりだ」

シルベスターは金持ちのほうへ向き直った。「あいつがラム・チョップを食えば、一時間たっても胃袋のなかにそっくり残ってるのが見えますよ。汗にして出すってことが、もうできなくなったんです。今の体重が五十一キロ。マイアミを発ってから一・三キロふえてます」

「騎手は酒を飲んではいかん」金持ちは言った。

「やつは何を食べても、昔のようにうまいと思えないで、汗にして出すことができなくなったんです。ラム・チョップを食べれば、いつまでも胃袋のなかにごろごろしてるのが見えて、下がっていかないんです」

騎手はマンハッタンを飲みおえた。ぐっと飲みほすと、グラスの底に残ったチェリーを親指でつぶして、グラスを遠くへ押しやった。ブレザーを着たふたりの女の子は彼の左側に立って、お互いの顔を見合っていた。バーの向こうのはじではふたりの予想屋が、世界でいちばん高い山はどれかで議論を始めていた。だれもがみんな、ほかのだれかといっしょにいた。その晩、ひとりで飲んでいる者はほかにだれもいなかった。騎手は手の切れるような五十ドル札で勘定を払うと、釣り銭をかぞえもしなかった。

彼は食堂へ歩いて戻ると、三人のすわっているテーブルまで来たが、腰をおろさなかった。「いや、どう考えても、あんたの記憶力じゃ、そんな昔のことは覚えてないだろうよ」背が低いので、テーブルのはじがベルトのところぐらいの高さで、やせた手でテーブルの角をぎゅっとつかむにも、体をかがめる必要はなかった。「いや、あんたたちは食堂でがつがつ飯(めし)を食うのが忙しくて、とても――」

「頼むから」シルベスターは懇願するように言った。「頼むからおとなしくしてくれ」

「おとなしくしろ！　おとなしくしろ！」騎手の灰色の顔がぴくぴく震え、やがてひねくれた冷笑を浮かべたまま、表情が凍ったように動かなくなった。テーブルをゆすぶったので、皿ががたがた揺れ、一瞬、テーブルをひっくり返すのではないかと思われた。しかし、突然彼はそれをやめた。こんどは、いちばん手近の皿に手を伸ばすと、フレンチフライを何個か、静かに口のなかへ運んだ。そして、上唇を上げながらゆっくり噛んでいたが、くるっと振り向くと、口のなかのどろどろしたものを、床をおっていたすべすべの赤い絨毯の上にぺっと吐き出した。「でれ助め」彼は、かすれて、とぎれたような声で言った。彼は、まるでその言葉に自分の好きな味や中身があるみたいに、口のなかでころがすようにして発音した。「このでれ助ども」彼はふたたびそう言うと、くるっと振り返って、ぴんと伸ばした体をゆするようにして食堂から出ていった。

シルベスターは、締まりのない大きな肩の片方をすくめた。金持ちは、テーブルクロスの上にこぼれた水を拭きとった。三人とも、給仕が食卓をかたづけにくるまで口をきかなかった。

家庭の事情

木曜日にマーティン・メドウズは、家へ帰る最初の急行バスにまにあうように、会社を早く出た。それは、雪解けの道に映るライラック色の夕暮れの光が、そろそろ薄れかかる時分だったが、バスが都心のターミナルを出るころには、街はもう夜の明かりに照らされていた。いつも木曜日にはメイドが半日で休みをとるので、マーティンはできるだけ早く家へ帰りたかった。ここ一年ばかり、妻がちょっと——ぐあいが悪かったからである。この日、彼はひどく疲れていたので、いつも同じバスで通う仲間のだれかの話相手にされたくないと思って、バスがジョージ・ワシントン橋を渡るまで新聞に読みふけっていた。いったん9号線西方面のハイウエイにバスが入ると、マーティンはいつでも道のりの半分まで来たような気がするのだった。そして、寒い時候で、車内のこもった空気のなかに、外からの隙間風がわずかに細く流れこむだけのときでも、田舎の空気を吸っているのだと信じて深呼吸をするのだった。昔は、ここらまで来ると気分も楽になって、うきうきと家のことを考えはじめるのが常だった。ところがこの一年というもの、家が近づくとかえって緊張が高まって、バスから降りるのを待ちどおしいとは思わなくなっていた。この日の夕方、マーティンは顔を窓にすりよせて、草木がなにも見えない原っぱや、通りすぎる町々の明かりなどを見つめていた。月が出て、黒い土や、時季はずれのざらざらした雪の上をかすかに照らしていた。その夜のマーティンの目には、だだっ広いあたりの風景が、なんとなく荒涼とした感じを与えた。彼は、紐を引いて下車を知らせる数分前に、棚から帽子を取り、新聞をたたんで外套のポケットに入れた。

コテージ風の彼の家は、バス停から一ブロック歩いたところにあった。川に近かったが、川岸にすぐ面しているわけではなかった。居間の窓から見ると、道路越しに向かいの家の庭や、さらにハドソン河が望まれた。モダンな感じのコテージで、庭が狭いためか、建物の白くて新しいのがいやに目立った。夏のうちは芝生も柔らかく色あざやかで、マーティンは庭のへりの花壇や、バラを這わせた四つ目垣を念入りに手入れした。しかし、寒くなって花も休みの何カ月かは、庭もうらぶれ、コテージもむき出しの感じになった。その晩、小さな家の部屋の明かりが全部ついていた。マーティンは玄関へ通じる道を急いで歩いていった。踏み段をのぼる前に、彼は立ちどまって、乳母車をじゃまにならないようにどけた。

子どもたちは居間にいたが、遊びに夢中になっていたので、玄関のドアが開いたのにはじめは気がつかなかった。マーティンは立ったまま、無事に遊んでいるかわいい子どもたちをながめていた。彼らは、書きもの机のいちばん下の引き出しをあけて、クリスマスの飾りつけを引っぱりだしていた。どうやらアンディがクリスマスツリーのプラグをさしこんだらしく、緑や赤の電球が居間の敷物の上に、時ならぬ祭りの光を投げかけていた。マーティンが入ったとき、アンディはマリアンヌの揺り木馬の上に、電球のついたコードを引っぱりあげようとしていた。マリアンヌは床の上にすわって、天使の翼をむしり取ろうとしていた。子どもたちはびっくりして、父を迎える叫び声をあげた。マーティンは、太った女の子を勢いよく肩のところまで抱きあげ、アンディは父親の足に体ごとぶつかってきた。

「パパ、パパ、パパ！」

マーティンは、女の子をそっと下におろしてすわらせ、アンディを抱いて何回か振り子のようにぶらぶら揺すった。それから彼はクリスマスツリーのコードを取りあげた。

「どうしたんだい、こんなものを出して？　パパが手伝ってあげるから、引き出しへ戻しなさい。電気のソケットをいじるんじゃないよ。この前パパが言ったのを忘れたのかい？　冗談じゃないんだよ、アンディ」

六歳の男の子はうなずくと、机の引き出しをしめた。マーティンは、そのブロンドの柔らかい髪をなでてやり、子どもの細い首筋のところにいつまでも手をあてて、やさしくさすっていた。

「ご飯は食べたかい、ぼうず？」

「口が痛かった。トーストがからかったよ」

女の子は、敷物に足をかけてつまずいた。倒れた瞬間はびっくりしていたが、やがて泣きだした。マーティンはそれを抱きあげて両腕でかかえると、台所のほうへつれていった。

「ほら、パパ」とアンディが言った。「トーストが——」

エミリーは子どもたちの夕食を、むき出しの瀬戸びきの食卓の上に置きっぱなしにしていた。二枚の皿には、シリアルの残りと、卵と、ミルクを入れた銀色のコップとがのっていた。もう一枚の大皿にはシナモントーストがのっていたが、ひと口嚙んだ歯のあとが残っているだけで、あとは手をつけてなかった。マーティンは、その食べかけのパンのにおいを嗅いで、そっと齧ってみた。そしてそのトーストをごみ入れに捨てた。

「ふう――ふう――なんてことだ！」

エミリーはトウガラシの缶をシナモンとまちがえていたのだ。

「熱くて燃えそうだったよ」アンディは言った。「水を飲んで、外へ走っていってから、口をあけたの。マリアンヌはてんで食べなかったよ」

「少しも」とマーティンは子どもの言葉を直した。彼はどうしてよいかわからず、台所の壁を見まわして立っていた。「まあ、それはそうとして」彼はやっとの思いで言った。「ママはどこにいる？」

「パパたちの部屋にいるよ」

マーティンは子どもらを台所において、妻のいる部屋へ上がっていった。ドアの外で彼はしばらく立ちどまって、怒りを静めた。ノックもしないで部屋のなかへ入ると、ドアをぴしゃっとしめた。

エミリーは、居心地のよい部屋の窓のそばで、揺り椅子に腰をおろしていた。彼女は、なにかタンブラーに入れた飲み物を飲んでいたが、彼が入ってくると、急いでグラスを椅子のうしろの床に置いた。ぎくりと狼狽した態度だったが、彼女はとってつけたような快活さを装って、それを隠そうとした。

「あら、マーティ！　もう帰ったの？　うっかり時間を忘れていたわ。いま下へ行こうと思って――」彼女はよろよろして近づくと、ぷんとシェリーのにおいのする口でキスをした。しかし、彼の反応が冷たいのを知ると、彼女は一歩さがって、神経質に笑った。

「どうしたの？　床屋の看板みたいにつったって。気分でも悪いの？」

「気分？」マーティンは揺り椅子の上から体を曲げて、床の上のタンブラーを取りあげた。「おれの気分がどんなか――おれたちがみんなどんなにいやな気分か、おまえにはわかっているのか？」

エミリーは、いまでは彼も馴れっこになってしまった、浮わついた作り声で返事をした。そんなときにはよく彼女は、ちょっとイギリス訛(なま)りを気どって話したが、それはどうやら彼女のあこがれているある女優の口調をまねたものらしかった。「なんの話をしてるのか、全然見当がつかないわ。もしかしたら、あたしがシェリーをグラスに少しいただいたことかしら。たしかにシェリーをひと口――かふた口飲んだわよ。それがいったいどんな罪になるのか、教えてもらいたいわ。あたし、なんでもないもの、全然、なんでもないもの」

「だれが見てもわかるとおりね」

　バスルームへ入るとき、エミリーは慎重に落ち着きを装って歩いた。彼女は冷水の栓をひねり、両手ですくった水を少し顔に浴びせてから、バスタオルのはじで軽く拭いて水気をとった。彼女の顔は目鼻立ちが整っていて、まだ若く、染みひとつ見えなかった。

「これから下へ行って、食事の仕度をしようと思っていたところよ」彼女はよろよろして、ドアの枠につかまって体をささえた。

「食事はおれが作る。おまえはここにいなさい。持ってきてやるから」

「そんなのいやよ。だって、そんなの、聞いたことない」

「頼むから」マーティンは言った。

「うっちゃっといて。あたし、だいじょうぶよ。これから下へ行って――」

「おれの言うことをよく聞け」

「そんなの、おかしくって聞けるもんですか」

　彼女はよろよろとドアのほうへ進もうとしたが、マーティンがその腕をとらえた。

「おまえの醜態を子どもたちに見せたくないんだ。よく考えてみろ」

「醜態？」エミリーは腕をふりはらった。怒りのために声がうわずった。「なにさ、食事の前にシェリーを一杯や二杯飲んだからって、あたしを酔っぱらい扱いするの？　醜態ですって？　ウイスキーなんて、さわったこともないのよ。よくご存じでしょ？　バーで強い酒をがぶ飲みするわけじゃないのよ。そんなこと言う権利はあんたにはないでしょ？　食事の前にカクテル一杯だって飲んでやしないわ。ただときどきシェリーをちょっといただくだけよ。おうかがいしますけど、それがどうしていけないことなの？　醜態だなんて！」

マーティンは、なんと言って妻をなだめようかと迷った。「ここでふたりだけで静かに食事をしようね。さあ、おとなしくしておくれ」エミリーがベッドの横に腰をおろしたので、彼はドアをあけて急いで出ていった。

「すぐ帰ってくるから」

彼は下へおりて、あわただしく食事の仕度をしながら、どうして彼の家庭にこんな事態が生じたかという、いままで何回も考えた問題にまた心を奪われた。彼自身が、昔から酒はかなりたしなむほうだった。彼らがまだアラバマ州に住んでいたころは、コップ酒やカクテルを飲むのを当然のこととしていた。何年ものあいだ、彼らは夕食の前に、一、二杯か、ひょっとすると三杯くらい飲み、寝る前にはまた、コップで寝酒を飲んだ。休日の前の晩などは、かなりいい機嫌になり、ときにはすっかり酔っぱらうことさえあった。しかし彼にとってアルコールが問題になることは全然なく、ただ家族の数がふえるにつれて収入の枠を越す、厄介な出費と思われるだけであった。ところが、会社の命令で彼がニューヨークに転勤してからはじめて、マーティンは妻が飲みすぎることにはっきり気がつくようになった。昼間から酒気を帯びていることさえあった。

問題に疑いの余地がなくなると、彼はその原因の分析を試みた。アラバマからニューヨークへ移ったことが、どうやら彼女の精神の平衡を狂わせたらしい。小さな南部の町のものうい暖かさに馴れ、自分の家や、いとこや、子ども時代の友だちなどでできた基盤に安住していた彼女は、北部でのきびしい孤独な環境に適応することができなかったのである。母親としての仕事や、家庭の雑用が、彼女にはわずらわしかった。パリス・シティーへの郷愁が断ちきれない彼女は、ニューヨーク郊外の住宅地でだれともつきあわなかった。雑誌や探偵小説ばかり読みふけっていた。アルコールの助けをかりなければ、彼女の精神生活の空虚を満たすことはできなかった。

彼女の不節制が暴露されたことによって、彼がそれまで妻に対して持っていた愛情にも、いつのまにかひびがはいった。わけもなく悪意を抱くことがあり、アルコールが導火線になって見苦しい怒りを爆発させるようなこともあった。エミリーの生まれつきの素朴な性質とはなんのつながりもない、粗野な面が表に出るのにぶつかることがあった。彼女は酒を飲んでいることについて嘘をつき、思いもよらないような策略で彼をだまそうとした。

そのとき、思いがけない事故が起こった。一年ばかり前のある晩、仕事から帰宅した彼は、子ども部屋からの叫び声に迎えられた。行ってみるとエミリーが、入浴から出たばかりの、濡れた裸のままの赤ん坊を抱いていた。赤ん坊が手から落ちて、そのふわふわの頭がテーブルのはじに当たり、ひと筋の血が流れて、蜘蛛(くも)の糸のように薄い髪のなかに浸みこんでいた。エミリーは泣いていたが、酒に酔っていた。マーティンはそのとき、傷ついた赤ん坊をたとえようもない尊いものに思ってあやしながら、将来のことを心に思い描いて、背筋の寒くなる思いであった。

その翌日、マリアンヌは無事であった。エミリーは、二度とふたたび酒には手をふれないと誓いをたてた。数週間のあいだ彼女は、酒を絶って、冷静だったが、しかし意気消沈していた。ところが、そのうちいつのまにか、またはじまった——ウイスキーやジンではなくて——ビールをたくさん飲むとか、シェリーとか、聞いたこともない名のリキュール酒などであった。一度、彼は、帽子の箱にいっぱい、クレーム・ド・メンテ(ミント入りのリキュール)の空き瓶が入っているのを見つけたことがあった。マーティンは、家事をぬかりなくやってくれる、信用できるメイドを見つけた。ヴァージーというその女も、アラバマ州の出身であった。マーティンは、ニューヨークでのメイドの給料の相場を、とてもエミリーに知らせる勇気はなかった。エミリーの酒はいまではすっかり秘密になって、彼が家へ着く前にすませるようになっていた。たいていはその影響も、ほとんど気がつかないくらいで——体の動きがなんとなくしまりがなくなるとか、目がはれぼったく見える、というくらいであった。トウガラシをトーストに塗るというような、むちゃなことはめったになくて、ヴァージーが家にいるあいだはマーティンも心配をしなくてもすむようになった。しかし、それにもかかわらず、いつも心のどこかに不安がひそんでいて、どんな災難が起こるかわからないという強迫観念が、彼の毎日の生活を脅かしていた。

「マリアンヌ！」とマーティンは呼んだ。あのときのことを思い出しただけでも不安になって、安全を確かめないと気がすまなかった。怪我が治ったいまでは、なおさら父親にとってはたいせつな存在になっていた。女の子は兄につれられて台所へやってきた。マーティンは食事の仕度を続けた。彼はスープの缶をあけ、厚切り肉をふたつフライパンに入れた。それから彼はテーブルのそばにすわり、マリアンヌを膝の上に抱きあげて、馬乗りをしてやった。アンディはそれを見ながら、今週のはじめからぐらぐらしていた歯を指で動かしていた。

「キャンディマンのアンディ！」マーティンは言った。「あのくされっ歯は、まだ口のなかに残ってたの？　こっちへ来て、パパに見せてごらん」

「引っぱる糸を持ってるよ」子どもはポケットから、こんがらかった糸を取りだした。「ヴァージーが、これを歯に結わえつけて、かたっぽうをドアの取っ手に結わえつけて、力いっぱいドアをしめなさいって」

マーティンは、きれいなハンカチを取りだして、ぐらぐらになった歯をよく調べてみた。「この歯は今晩中にアンディちゃんの口から抜けますよ。さもないと、おなかに歯の木が生えるかもしれないからね」

「なんの木？」

「歯の木だよ」マーティンは言った。「なにかを噛んで、その歯を飲みこんじゃったとするでしょう？　そうすると、アンディちゃんのおなかでその歯に根が生えて、歯の木になるんだよ。歯の木には、葉っぱのかわりに、とんがった小さな歯が生えるのよ」

「嘘だーい、パパ」アンディはそう言ったが、まだその歯をよごれた小さな親指と人さし指で押さえていた。「歯の木なんかありゃしねえよ。見たことねえもん」

「しねえじゃない、しない。ねえじゃない、ない」

マーティンは急に緊張した。エミリーが階段を降りてきたのだ。彼は彼女のよろよろした足音に耳をすまし、恐怖の思いで腕を伸ばして少年をしっかり抱いた。エミリーが部屋へ入ってくると、彼はその体の動きや不機嫌そうな顔つきから、また彼女がシェリーの瓶に手を出していたことを知った。彼女は引き出しをばんとあけて、食卓の準備をしはじめた。

「醜態？」彼女は濁った声で言った。「よくも言ったわね。ちゃーんと覚えておきますよ。嘘八百を並べたのは、全部ちゃーんと覚えとくから。忘れるだろうなんて、夢にも思わないでちょうだい」

「エミリー！」彼は哀願した。「子どもたちが――」

「子ども――そうよ！　あたしがあんたの卑劣な陰謀に気がつかないとでも思ってんの？　こんなところで、あたしの子どもをそそのかして、あたしにそむかせようとして！　あたしにわかってないと思ったら大まちがいよ！」

「エミリー！　お願いだから――どうか、二階へ行っておくれ」

「それじゃ、あたしの子をそそのかして――あたしのだいじな子どもたちを――」ふた粒の大きな涙が、彼女の頬をつたって流れ落ちた。「あたしのかわいい坊や、あたしのアンディをそそのかして、実の母にそむかせようとして」

酔った勢いの衝動でエミリーは、床の上のびっくりしている子どもの前に膝をついた。子どもの両肩に手をかけて、やっと体の平均を保っていた。「いいかい、坊や――パパの嘘なんか聞くんじゃありませんよ。パパの言うことなんか信じないね？ねえ、アンディ、ママが降りてくる前に、パパはなんて言ってたの？」どうしてよいかわからずに、子どもは父親の顔をさぐった。「教えてちょうだい。ママは知りたいんだから」

「歯の木のことだよ」

「なに？」

子どもは、父親に言われたとおりを繰り返した。彼女は、信じられないといった恐怖の表情でそれを聞いていた。「歯の木！」彼女は体を大きく揺すって、また子どもの肩をしっかりつかみ直した。「なにを言ってるんだか、さっぱりわかりゃしない。でもねえアンディ、ママはなんでもないでしょう？」涙があふれて彼女の顔を流れたので、アンディは彼女から身をひいた。彼はこわくなったのである。エミリーはテーブルのはじにつかまって立ちあがった。

「ほらね！　あんたはあたしの子をそそのかして、あたしにそむかせた」

マリアンヌが泣きはじめたので、マーティンは彼女を腕に抱きあげた。

「いいわよ。あんたは自分の好きな子をお取りなさい。あんたって人は、昔から、いつでも依怙贔屓をする人なんだから。いいわよ。でもね、あたしにはこの子を残しておいてちょうだい」

アンディは、そろそろと父親のほうへすりよって、その足にさわった。「パパ」彼は泣きだした。

マーティンは子どもたちを階段の下までつれていった。「アンディ、おまえはマリアンヌを二階へつれていきなさい。パパはすぐ行くから」

「でもママは？」子どもは小声で尋ねた。

「ママはだいじょうぶ。心配しないでいい」

エミリーは、台所のテーブルに向かって、脇の下に顔をうずめるようにして泣いていた。マーティンはカップに一杯スープをよそって、彼女の前に置いた。あえぐような彼女の泣き声を聞いているうちに、彼の気もくじけた。彼女の興奮の激しさが、その動機はともかくとして、彼の心のなかにふたたび愛情をゆり動かしたのである。われにもあらずマーティンは、彼女の黒い髪の上に手を置いた。「さあ、しゃんとすわり直して、スープを飲みなさい」彼女は彼のほうを見あげたが、その顔からは苦悩は清められて、哀願するような表情になっていた。子どもがいなくなったためか、マーティンの手がふれたためか、彼女の気分も変わっていた。

「マ、マーティン」彼女は泣きながら言った。「あたし恥ずかしいわ」

「スープを飲みなさい」

彼女はその言葉にしたがって、まだ息をあえがせながら飲んだ。二杯飲み終わると、彼女は言われるままに彼に手をとられて二階の部屋へ上がった。従順になり、興奮もおさまっていた。彼は、彼女の寝巻きをベッドの上において部屋を出ようとした。そのときまた、激しい悲しみが、アルコールの嵐がぶり返してきた。

「あの子は目をそむけた。あたしのほうを見て、アンディは目をそむけたの」

いらだちと疲労のため、つい声が荒くなったが、彼は用心して口をきいた。「いいかい、アンディはまだほんの子どもなんだよ――親がとり乱したのを見ても、なんのことかわかりゃしないんだ」

「とり乱した？　マーティン、あたし子どもたちの前でそんなにとり乱したの？」

そのおびえたような顔を見ると、彼は思わずあわれになり、またおかしくなった。

「いいんだよ。寝巻きを着て、早く寝なさい」

「あたしの子があっちを向いてしまった。アンディは、母親の顔を見て、目をそむけたの。子どもたちが――」

　彼女はまた、アルコールのかきたてる悲しみのリズムのなかに捕らえられていた。マーティンは部屋から出てゆきながら言った。「お願いだから寝ておくれ。子どもたちも、明日になれば忘れてしまうから」

　そう言いながら彼は、はたしてそうであろうかと疑った。あの場面がそんなにたやすく記憶から消え去るであろうか？――それとも意識の底に根をおろして、あとになってから心を悩ませるだろうか？　どちらともマーティンにはわからなかったが、第二の場合を考えると彼は気分が悪くなった。それから彼は、エミリーのことを考えた。酔いがさめた翌日の彼女のあと味の悪さが見えるようだった。記憶が断片的に浮かび、一面に広がった暗い恥辱の雲のなかから、正気に戻った意識が太陽のようにぎらぎら照りつける。彼女は、彼のニューヨークの事務所に電話をかけてよこすだろう。二度――ひょっとしたら三度も四度も。そうしたら、自分もばつが悪いことだろうと、マーティンは想像した。事務所の連中は、なにかあったことに気がつくだろうか？　彼は自分の秘書が、とっくの昔にエミリーの問題を見ぬいて、気の毒がっているらしいのに気がついていた。彼はしばらくのあいだ、運命を呪ってにがい思いを嚙みしめ、妻を憎んだ。

子ども部屋へ入ってドアをしめると、彼はその晩になってはじめて、ほっと気持ちが落ち着いた。マリアンヌは、床の上に倒れては自分で起きあがり、「パパ、見てごらん」と呼んだ。そして、倒れては起きあがり呼ぶ、という遊びを繰り返していた。アンディは子ども用の低い椅子にすわって、歯をぐらぐら動かしていた。マーティンは浴槽に水を流し、洗面台で自分の手を洗ってから、少年を浴室へ呼び入れた。

「さあ、その歯をもう一度見せてごらん」マーティンは便器の蓋（ふた）に腰をおろして、アンディを両膝のあいだにささえた。子どもは口を大きくあけ、マーティンは歯を手で押さえた。ぐらぐら動かしてすばやくねじると、真珠色の乳歯は抜けていた。アンディの顔は、はじめの一瞬の恐怖から、驚きへ、そして喜びへと変わった。彼は水を口に含むと、洗面台へぺっと吐いた。

「ほら、パパ！　血だよ。マリアンヌ！」

マーティンは子どもに湯を使わせるのが好きであった。湯のなかにむきだしになって立っている、柔らかい、裸の子どもの体を、言いようもなく愛した。エミリーは彼が依怙贔屓（えこひいき）をすると言うが、それはまちがっている。マーティンは息子の、男の子らしいかわいい体に石鹼をつけながら、これ以上の愛情はありえないと思った。それでいながら彼は、ふたりの子どもに対する自分の愛の質に違いがあることを認めた。娘に対する彼の愛はまじめなもので、一抹の憂愁を帯びており、胸が痛むほどの心づかいがあふれていた。男の子を呼ぶときには、毎日思いつくままにでたらめな仇名をつけて呼んでいたが、女の子に対してはいつもマリアンヌとしか呼ばず、その名を口にするときの彼の声には愛撫するような響きがこもっていた。マーティンは、赤ん坊の太ったおなかや、かわいらしい陰部のくぼみを軽くたたくようにして水気を拭きとった。ふたりながらに愛されている子どもの顔は、入浴のあとで花びらが開いたように輝いていた。

「ぼく、歯を枕の下に入れておこう。二十五セントもらえるんだもん」

「なんで？」

「パパ知ってんでしょう？　ジョニーだって歯で二十五セントもらったんだ」

「だれがそんなお金を持ってくるのかな？」マーティンは尋ねた。「パパは、夜中に妖精が置いていくのかと思っていたよ。パパの小さいときは十セントだったけどね」

「幼稚園でそう言ってるよ」

「だれが置くんだって？」

「親だよ」アンディは言った。「パパだよ」

マーティンは、マリアンヌのベッドの掛け布団を動かないようにたくし込んだ。娘はもう眠っていた。マーティンはかがみこんで彼女の額にキスし、さらに、手のひらを上にしたかわいらしい手にキスした。頭のそばに手を投げだしたまま寝てしまったのだ。

「おやすみ、アンディちゃん」

その返事には、眠そうなつぶやきが聞こえただけであった。しばらくしてからマーティンは小銭を取りだして、二十五セント玉をひとつ、そっと枕の下に入れた。そして、夜の明かりをつけたまま子ども部屋を出た。

マーティンは台所のなかをうろうろして、おそい食事をしながら、ふと子どもたちが、母親のことも、彼らには不可解と思われたに違いない、とり乱した場面のことも、一度も口にしなかったことを思い出した。歯とか、入浴とか、二十五セント玉とか、そのときどきのことに気をとられて、どんどん過ぎてゆく子どもの時間の流れの表面で、こうした軽いエピソードは、浅瀬の奔流に運ばれる木の葉のように流れ去り、その間に大人の世界の謎などは、岸に打ちあげられて忘れられてしまうのだ。マーティンは、そのような神の配剤に感謝をささげた。

ところが、いままで押さえられて隠れていた彼自身の怒りが、ふたたび頭をもたげてきた。彼の青春は酔っぱらいの浪費によってすりつぶされ、壮年の生活の基盤もいつのまにか侵されようとしているのだ。子どもたちも、いまはなにもわからないでいるが、その免疫の時期が過ぎれば——もう一、二年もたったら、どういうことになるのか？　テーブルに肘をついたまま、彼は食事を味わいもせずにがつがつ食べた。事実を隠そうとしてもむだだ。やがて事務所でも街でも、彼の妻が自堕落な女だというううわさが広がるだろう。自堕落な女。そして彼も、子どもたちも、堕落と、ゆるやかな破滅の道をいやおうなしにたどることになるだろう。

マーティンは、テーブルを押しのけるようにして立ちあがると大股で居間へ入っていった。本の文字を目では追いながら、頭のなかでは、子どもが川で溺れたり、妻が街頭に醜態をさらしているような、悲惨な想像を描いていた。寝るころには、鈍く激しい怒りが重い石のように胸を圧迫し、彼は足を引きずるようにして階段をのぼった。

室内は暗くて、ただ、なかば開いた浴室のドアから、一条の光が流れこんでいるだけであった。マーティンは静かに服を脱いだ。不思議なことに、彼の心のなかに少しずつ変化が生じた。妻は眠っていて、その穏やかな呼吸の音が、かすかに室内に聞こえていた。ハイヒールの靴といっしょにだらしなく脱ぎすてたストッキングが、無言で彼の心に訴えた。彼女の下着は、ばらばらに椅子の上に投げかけてあった。マーティンは、ガードルと、柔らかい絹のブラジャーを拾いあげると、それらを手に持ったましばらく立っていた。妻の顔をよく見るのも、その晩になってこれがはじめてであった。彼は、彼女のきれいな額や、美しい弓形の眉毛にじっと目を向けた。その額はマリアンヌに受けつがれていた。かわいらしい鼻の先がちょっと上を向いているのも同じだった。息子のほうには、高い頬骨や、とがった顎（あご）がつたわっていた。胸のもり上がった彼女の体は、すらっとして豊かに波打っていた。妻の穏やかな寝顔を見守っているうちに、マーティンの胸から長いあいだの怒りの亡霊が姿を消していった。非難やあらさがしの気持ちはすべて、いまの彼からは遠い彼方にかすんで消えていた。マーティンは浴室の明かりを消して、窓を引きあげた。そして、エミリーを起こさないように気をつけて、静かにベッドのなかにもぐりこんだ。彼は月の光をたよりにもう一度妻の顔をのぞいた。彼の手はかたわらにある肉体を求め、複雑をきわめた愛情の不思議さで、悲しみが欲情と融け合っていった。

木、石、雲

その朝は、雨が降っていて、まだかなり暗かった。少年が、電車を改造した酒場にやってきたのは、新聞配達をほとんど終えたあとで、コーヒーを一杯飲むためであった。それは終夜営業の酒場であったが、経営者は、口の悪い、けちな男で、名をレオといった。寒い、人気（ひとけ）のない通りを走ったあとでは、酒場のなかは暖かく明るかった。カウンターに向かって、兵士がふたりと、製糸工場で働く紡績工が三人並んでいた。そして隅のほうにもうひとり、ビールのジョッキに鼻と顔の半分をつっこむようにしてうずくまっている男がいた。少年は、飛行士がするようなヘルメットをかぶっていた。酒場に入ると、少年は、顎紐（あごひも）をはずし、ピンク色の小さな耳をおおっている右側の垂れを引き上げた。いつもは、彼がコーヒーを飲んでいると、だれかが親しげに話しかけるのが常であったが、今朝は、レオも少年の顔をのぞきこもうとはせず、そこにいる男たちも口をつぐんだままだった。少年が金を払って酒場を出ようとしたとき、大きな声で呼びとめる者があった。

「坊や！　おい、坊や！」

少年がふり返ると、隅にすわっている男が、指を曲げ、うなずいて彼に合図をしていた。男はジョッキから顔をあげて、急にうれしそうな表情になった。背の高い、血色の悪い男で、大きな鼻と、薄いオレンジ色の髪をしていた。

「おい、坊や！」

少年は男のほうへ近よった。彼は十二歳くらいの小柄な少年で、新聞包みの重さのため、一方の肩が他方より高く上がっていた。平べったい、ソバカスのある顔で、丸い、子どもっぽい目をしていた。

「なんですか、おじさん？」

男は新聞少年の肩に手をかけると、こんどは少年の顎をつかんで、その顔をゆっくり右に左に動かした。少年はもじもじして後じさりした。

「よせよ！　なにするんだ？」

少年はかん高い声で叫んだ。酒場のなかが急にしんと静かになった。

男はゆっくり言った。「おまえを愛している」

カウンターに並んでいる男たちはみんな笑った。少年はどうしていいかわからず、顔をしかめて横ざまに身を退いた。そしてカウンターの向こうのレオのほうを見た。レオは、ものうげに、冷笑するような目で少年をじっと見つめた。少年も笑おうとした。だが男は真剣で、悲しげな顔つきになっていた。

「坊や、おまえをいじめるつもりじゃなかったんだ」男は言った。「ここへすわって、わしとビールをつきあってくれ。わけを話さなきゃならないことがある」

おずおずと、横目づかいに、新聞少年は、どうしたらよいかを尋ねるように、カウンターに並んでいる男たちのほうを見た。しかし彼らは、ふたたびビールを飲んだり、朝食をたべたりするのに忙しくて、少年の視線には気がつかなかった。レオは、一杯のコーヒーと小さなクリーム入れとをカウンターにのせた。

「その子は未成年だぞ」レオは言った。

新聞少年は、背のない椅子によじ登るようにしてすわった。引き上げたヘルメットの垂れの下に見える耳はとても小さく赤かった。男は、酔いもさめた顔で少年にうなずいてみせた。「だいじな話なんだ」そう言って彼は、尻のポケットに手を入れてなにかを引っぱり出し、少年に見えるように手のひらにのせて上げて見せた。

「ようく見てくれ」

少年は目を凝らしたが、べつによく見るほどのものではなかった。男がその大きな汚れた手のひらに持っているのは一枚の写真であった。ひとりの女の顔であったが、その顔はぼやけていて、かぶった帽子と着ている服だけがはっきり写っていた。

「見たか?」男は尋ねた。

少年がうなずくと、男はもう一枚の写真を手のひらにのせた。女が海水着をつけて浜辺に立っていた。海水着のためおなかがとても大きくつき出ていて、それだけが目だって見えた。

「よく見たか?」彼は少年のそばにかがみこむようにして、最後にこう尋ねた。「この女の人を見たことがあるか?」

少年は男の顔を斜めに見ながら、じっとすわっていた。「ぼくの知らない人です」

「ようし」男は写真に息を吹きかけると、またポケットにしまった。「あれはわしの妻だ」

「死んだの?」少年は尋ねた。

男はゆっくり首を振った。彼は、まるで口笛でも吹くように口をすぼめると、「ノーー」と長く引っぱって答えた。「いま、わけを話す」

男の前のカウンターには、大きな茶色のジョッキに入ったビールがおかれていた。

彼はそれを取り上げて飲むかわりに、体をかがめてジョッキのうちに顔をのせると、しばらくそのままの姿勢でいた。それから両手でジョッキを支えて傾けると、ちびりちびり飲みはじめた。

「いつの晩か、おまえさんは、でっかい鼻をジョッキにつっこんだまま寝こんで、溺れ死んじまうだろうよ」レオが言った。「巨体の旅烏（たびがらす）ビールに溺死すか。かっこいい死に方だぜ」

新聞少年はレオに信号を送ろうとした。男が見ていないすきに、顔をゆがめて、声を出さずに口だけ動かして、「酔っぱらいかい?」と尋ねようとした。しかしレオは、眉を上げただけで、向こうをむいて、鉄板でピンク色のベーコンを焼く仕事にかかった。男はジョッキを押しのけて、背筋をしゃんと伸ばすと、ぶよぶよの、ゆがんだ手を、カウンターの上で組んだ。新聞少年を見つめるその顔は悲しげであった。まばたきもしなかったが、ただ、ときどき、薄緑色の目の上に瞼（まぶた）が力なくだらっとかぶさった。もう夜明け近い時刻になっていた。少年は重い新聞の包みを持ちかえた。

「わしの話というのは愛のことだ」男は言った。「わしにとって愛というのは科学的なものなのだ」

少年は体をすべらせて、椅子から半分下りかかっていた。しかし男が人さし指を上げると、なぜか少年は動きを押さえられて、逃げられないような気持ちになってしまった。

「十二年前にわしは写真の女と結婚した。女は、一年、九カ月、三日と二晩、わしの妻だった。わしは妻を愛していた。そう……」彼は、かすれた、呂律のまわらぬ声を、ひきしめるようにして言い直した。「わしは妻を愛していた。妻もわしを愛しているものと思っていた。わしは鉄道技師だった。妻にはあらゆる家庭の楽しみを与え、贅沢もさせた。妻が満足してないとは、夢にも思ってみなかった。ところがどうしたと思う?」

「わかんねえなあ!」レオが言った。

男は少年の顔から目を離さなかった。「妻はわしを捨てたのだ。ある晩、帰ってみると、家はからっぽで、妻の姿は見えなかった。わしを捨てて出ていったのだ」

「だれか男と?」少年は尋ねた。

男はゆっくり手のひらをカウンターに伏せた。「あたりまえだ。そうやって逃げだす女がひとりだということはない」

酒場のなかはひっそり静まり、外の通りでは雨が、音もなく、黒々と、はてしなく降りつづいていた。レオは、じゅうじゅういうベーコンを長いフォークの先で押さえていた。「それでおまえさんはその尻軽女を十一年も追っかけまわしてるってわけかい。たいしたすけべじじいだ！」

はじめて男はレオのほうをちらっと見た。「下品な言い方はやめてくれ。それに、わしはおまえなんかに話してるんじゃない」彼は少年のほうを振りむくと、信用して打ち明けるような小声で言った。「あんなやつのことは気にしないことだ。いいな？」

新聞少年はためらいながらうなずいた。

「こんなわけだ」男は続けた。「わしはいろんなことを感じる人間なのだ。生まれてからずっと、さまざまなことが、つぎつぎにわしの心に刻みつけられた。月の光。きれいな女の子の足。いろいろあった。だが問題は、何を楽しんでいるときでも、いつも中途半端な、妙な感じが残ることだった。何をやっても、きっぱりけりがつかず、ほかのものとぴったり合わないようだった。女か？　それなりに経験したが、やっぱり同じこと。後になってみると中途半端のままだ。わしは、本当に愛するということのない人間だった」

彼は非常にゆっくりと瞼を閉じたが、その動きはまるで、劇の一場が終わって幕が下りるみたいであった。しかし、ふたたび口を開いたとき、その声は熱をおび、言葉がつぎつぎにとびだした——大きな、だらりと垂れた耳たぶがぴくぴく震えるように見えた。

「そのときわしはこの女に出会った。わしは五十一歳だったが、女はいつも三十だと言っていた。彼女に出会ったのはあるガソリンスタンドだった。わしらは三日後に結婚した。どんなぐあいだったと思う？　うまく口では言えない。わしがそれまでに感じたことのすべてが、この女のまわりに全部寄り集まったみたいだった。もう中途半端のままということはなくなって、彼女のおかげですべてにきっぱりけりがついた」

男は突然そこで言葉を切ると、長い鼻をなでた。そして、声の調子を落として、平板な、とがめるような小声で言った。「どうも説明のしかたがうまくないな。実はこうなんだ。わしの心のなかには、そういう美しい感情と、そのほか小さな喜びがいくつもあった。そしてこの女は、いわばわしの魂の組み立て台のようなものだった。その台のベルトの上にわしという人間の小さな部品をのせて、彼女のなかを通してやると、わしという製品が完成して出てくる。どうだ、こう言えばわかるか？」

「なんていう名前だったの？」少年は尋ねた。

「うん」男は答えた。「ドードーという名で呼んでいたが、そんなことはどうでもよい」

「おじさんはその人を連れ戻そうとしたの？」

その言葉は男の耳に入らないようであった。「そういうわけだから、妻が出ていったときのわしの気持ちを察してくれ」

レオは鉄板からベーコンをつまみ上げて、そのなかの二枚をパンの間にはさんだ。血色の悪い顔で、目が細く、やせた鼻の上にかすかに青い影が落ちていた。紡績工のひとりがコーヒーをもっとほしいと合図したので、レオは注いでやった。彼は無料でコーヒーのおかわりはしなかった。その紡績工は毎朝ここで朝食をとっていたが、レオは客と知り合いになればなるほど、ますますけちな扱い方をした。自分自身のパンでさえ、惜しいように少しずつ齧るのであった。

「それっきり奥さんには会えなかったの？」

少年はこの男のことをどう考えていいかわからないで、子どもっぽい顔に好奇心と疑惑のまじった不安な表情を浮かべていた。ここで新聞配達をはじめてからまだ間がなく、こんな暗い、不気味な早朝に町へ出ることに馴れていなかった。

「うん」男は言った。「わしは妻を連れ戻そうと、いろいろ手をつくした。居場所をつきとめようと、あちこち歩き回った。彼女の身内の者がいるというタルサへ行ってみた。モビールへも行ってみた。妻の話に出てきた町へはすべて行ってみたし、以前に妻とかかわりのあった男の行方はすべて追ってみた。タルサ、アトランタ、シカゴ、チーホー、メンフィス……かれこれ二年間というもの、わしは妻を連れ戻そうとして、国中を追いまわしたのだ」

「ところがご両人はこの世から消えてなくなっちまった！」レオが言った。

「あの男に耳をかすな」男は少年だけに打ち明けるように言った。「それから、この二年間のこともどうでもいいのだ。それは問題でない。大切なことは、三年目あたりから、奇妙なことがわしの身に起こりはじめたということだ」

「なんですか」少年は尋ねた。

男は体をかがめると、ジョッキを傾けてビールをひと口すすった。しかし、顔がジョッキに近づいたとき、彼の鼻の穴がかすかに震えた。彼は、気の抜けたビールのにおいを嗅いだので、もう飲もうとしなかった。「そもそも愛というのは奇妙なものだ。最初わしは、妻を連れ戻すことしか考えていなかった。夢中になってそればかり思いつめていた。ところが、日が経つにつれて、妻のことを思い出そうとしたとき、何が起こったと思う？」

「わかりません」少年は答えた。

「ベッドの上に横になって、妻のことを考えようとすると、頭のなかがからっぽになってしまうのだ。妻の姿が思い浮かばないのだ。写真を取り出して眺めてみるが、だめだ。なんの役にもたたない。からっぽなのだ。わかるか？」

「おい、マック！」レオはカウンターの向こうにいる男に声をかけた。「わかるかい、このおっさんの頭はからっぽだとよ！」

ゆっくりと、まるで蠅でも追い払うように、男は手を振った。その緑色の目が、新聞少年の平べったい小さな顔にじっと注がれたまま動かなかった。

「ところが、歩道でひょっと見かけたガラスのかけらとか、ジュークボックスから聞こえる曲とか、夜の塀に映った影とか、そんなものがきっかけで思い出すのだ。通りを歩いているときに偶然そんなことがあると、わしは大声でわめいたり、電柱に頭をぶつけたりする。わかるか？」

「ガラスのかけら……」

「いろんなものだ。わしはただ歩き回るだけで、自分ではどうやって、いつ、妻のことを思い出すことができるか、わからない。盾のようなもので身を守ればいいと人は思うかもしれないが、思い出というやつは正面から攻めてくるわけではない——横から忍び込んできてこちらをつかまえるのだ。わしは、見るもの聞くもののすべてに、翻弄されてしまった。気がついたら突然、わしが全国各地に妻をさがしまわっているのではなくて、妻のほうがわしの心の奥へ入りこんで、わしを追いかけはじめていたのだ！　いいか、妻のほうがわしを追っているのだぞ！　しかも、わしの心のなかでだ！」

しばらくして少年は尋ねた。「そのころおじさんはどのへんにいたんですか？」

「うーん」と男はうめいた。「わしは病人だった。天然痘にでもかかったようだった。正直を言うとだな、わしは酒びたりになった。姦通もやった。思いつくままにどんな罪でも犯したものだ。言いたくはないが思いきって白状しよう。あの時分のことを思い返すと、恐ろしくて血が凍るようだ」

男は首を低く曲げると、額をカウンターの上にこつこつとぶつけた。何秒かのあいだ、彼はこの姿勢のまま頭を垂れていた。筋張った項（うなじ）は、オレンジ色の産毛におおわれ、ふしくれだった長い指を持った両の手は、祈りの姿勢に組み合わされていた。やがて男は体をまっすぐに伸ばした。笑みを浮かべた顔は、思いがけず明るくなっていて、老人らしく小きざみに震えていた。

「それが始まったのは五年目のことだが」と彼は言った。「それといっしょに、わしの科学も始まった」

レオは口をきゅっと曲げて薄ら笑いを浮かべた。そして、「人間はだれだって、だんだん若くなるわけじゃねえからな」と言った。それから彼は、急に腹をたてたように、手に持っていた雑巾を丸めて、力いっぱい床にたたきつけた。「古狸のすけべじじいめ！」

「どうしたんですか？」少年は尋ねた。

老人は、高く澄んだ声で答えた。「平和だ」

「え？」

「科学的に説明することはむずかしいのだ」彼は言った。「筋道を立てて言えば、つまり、妻とわしは、あまり長いあいだ、互いに相手から逃げ回っていたために、しまいにはまたいっしょにからみ合って、ぶっ倒れて、それでおしまいになってしまったのだろう。平和だ。奇妙な、美しい空白だ。ポートランドは春で、毎日午後になると雨が降った。日が暮れても、わしはただ暗いなかでベッドに横になってじっとしていた。そうしているうちにわしの科学が生まれたのだ」

食堂の窓に光があたって薄青く見えてきた。ふたりの兵士はビールの代金を払ってドアを開けた――外へ出る前に、兵士のひとりは髪に櫛を入れ、泥のついたゲートルの汚れを拭きとった。三人の紡績工は黙って朝食を食べつづけていた。壁にかかったレオの時計が時を刻んでいた。

「こうなのだ。よく聞けよ。わしは愛について考えぬいたあげく、やっとわけがわかった。われわれのどこがまちがっているかが、やっとはっきりした。男がはじめて恋をするとき、いったいなにを恋するか？」

少年は柔らかい口を半分開けたまま、返事をしなかった。

「女だ」老人は言った。「科学も知らず、なにひとつ頼るものなしに、男はこの世でもっとも危険、かつ神聖なことを経験する。つまり女を恋するのだ。そうだな？」

「うん」少年は曖昧に答えた。

「それでは愛の出発点がまちがっている。それはいちばん頂点から始めるようなものだ。みじめな結果に終わるのも当然ではないか。では男はいかに恋をすべきか？」

老人はぐっと手を伸ばして、少年の革の上着の襟もとをつかんだ。そして少年の体をやさしくゆすぶった。緑色の目はまばたきもせず厳粛に相手を見つめていた。

「どうだ、どのようにして愛しはじめたらよいか、わかるかね？」

少年は小さくなってすわったまま、身動きもせずに聞いていた。そして、ゆっくり首を振った。老人はぐっと身をすりよせて、ささやいた。

「木。石。雲」

表の通りはまだ雨が降っていた。穏やかな、くすんだ、はてしなく降る雨であった。六時の交代を知らせる工場の汽笛が鳴り、三人の紡績工は金を払って出ていった。酒場に残ったのは、レオと、老人と、新聞少年だけになった。

「ポートランドの天気も今日のようだった」男は言った。「そのころわしの科学は始まった。わしはよく考えて、きわめて慎重に始めた。わしは、通りでなにかを拾っては、家へ持って帰った。金魚を買って、金魚に精神を集中し、金魚を愛した。ひとつのことを卒業して次のことに移った。一日一日とこの技術を身につけていった。ポートランドからサンディエゴへ移る途中――」

「やめろ！」突然レオがわめいた。「うるせえ！　やめろ！」

老人はまだ少年の上着の襟をつかんでいた。体を震わせ、真剣な顔つきで目を輝かせ、興奮していた。「六年のあいだ、わしはひとりで動きまわって、この科学を確立したのだ。今ではその道をきわめた。いいか。わしはなんでも愛することができる。どうしたらよいか、考える必要ももうないのだ。道路にたくさんいる人びとを見るだけで、わしの心に美しい光がさしてくる。空飛ぶ鳥を見るだけでもよい。あるいは道ばたで旅人に出会うだけでも。なんでもよいのだ。だれでもかまわない。見知らぬものばかり、そのすべてを愛するのだ。わしのような科学が、いったいどういうものか、わかるかな？」

少年は体をこちこちにして、カウンターのへりに両手をかけてぎゅっと押さえていか？」
「ええと」少年はおずおずと尋ねた。「おじさんはまた女の人を好きになったんです
「なに？　なんと言った？」
た。やがて彼は尋ねた。「その女の人を本当に見つけたんですか？」

老人は少年の襟をつかんでいた手をゆるめた。そして顔をそむけた。そのときはじめて彼の緑色の目が焦点を失って、散漫な目つきになった。彼はカウンターのジョッキを取り上げると、黄色いビールを飲みほした。首がゆっくりと左右に揺れていた。やっと彼は返事をした。「いや、ちがう。いいかね、それはわしの科学の最後の段階なのだ。わしは慎重にやっている。まだそこまでいっていないのだ」
「へえ！」レオが言った。「それは、それは」

老人は開いた戸口に立っていた。「忘れるでない」彼は言った。早朝の薄暗くしめっぽい光を背に、戸口に立つ老人の姿は、しなびて、みすぼらしく、弱々しかった。しかし、顔には明るい笑いを浮かべていた。「忘れるでない、おまえを愛しているぞ」そう言うと、老人はもう一回うなずいた。そしてドアを静かに閉めて出ていった。

少年は長いあいだ口をきかなかった。彼は額に垂れた前髪を引っぱると、汚れた小さな人さし指で、からになったコーヒーカップのへりをなでた。それから、レオのほ

うに顔を向けたまま、最後にこう尋ねた。

「あのおじさん酔っぱらいなの？」

「ちがう」レオはそれだけ答えた。

少年は澄んだ声を高くした。「じゃ、麻薬中毒？」

「ちがう」

少年はレオのほうを見上げた。平べったい小さな顔は真剣そのもので、いちだんと声を高くしてなおも尋ねた。「頭がおかしいの？　あの人をいかれてると思う？」新聞少年は迷ったように急に声を低くした。「ねえ、レオ。ちがう？」

しかしレオは返事をしなかった。レオは夜の酒場を十四年もやっていて、頭がおかしいかどうかの見わけには自信があった。町で札つきの連中もいれば、夜の通りからふらっと迷いこんでくる渡り者もあった。彼はそういう連中のどこが狂っているか、すべて心得ていた。しかし彼は、返事を待っている少年の疑問に答えてやりたいとは思わなかった。彼は青白い顔の表情を固くしたまま黙っていた。

そこで少年は、ヘルメットの右側の垂れを引き下げた。そして、振りむいて出ていくとき、彼としては無難そうに思われる唯一の意見、つまり、一笑に付され馬鹿にされることのなさそうな唯一の意見を口にした。

「あのおじさん、ほんとうによく旅をしたねえ」

天才少女（ヴンダーキント）

冬用のストッキングを穿（は）いた脚に楽譜かばんがぽん、とぶつかる音をさせながら、片腕に学校の教科書を抱え込んで、彼女は居間に入ってきた。少しの間そこで立ちどまると、スタジオの音に聞き入った。ピアノの和音とヴァイオリンを調律する音が静かに流れていた。するとビルダーバッハ先生が、野太く喉にかかる声で呼びかけた。

「ビーンヘエン（みつばちさん）、きみかい？」

ミトンを脱ぎ捨てると、指が今朝練習していたフーガの動きに合わせるようにぴくぴくしているのが見えた。「はい」と、彼女は答えた。「あたしです」

「わたし、とおっしゃい」と直す声。「少し待っておくれ」

ラフコヴィッツ先生が話しているのが聞こえた——きぬ擦れのようにかすかにくぐもった声で、朗々と言葉をくり出した。女の人の声みたい、と彼女は思った。ビルダーバッハ先生にくらべれば。落ち着かず、気もそぞろだった。幾何学の教科書と『ペリション氏の旅行記』（一八六〇年発表のフランスの戯曲）をあたふたと取りだすと、テーブルの上に置いた。ソファに腰かけ、かばんから楽譜を取りだしはじめた。そしてまた手を眺めた——拳から伸びる腱が震えていて、痛む指先にはうす汚れたテープがぐるりと巻いてあった。眺めているうちに、ここ数カ月の間彼女を苛んでいた恐怖がまざまざとよみがえった。

声に出さずに、彼女は元気が出るような言葉をいくつかつぶやいた。よいレッスン——よいレッスンになるように——前みたいに。ビルダーバッハ先生の重い足取りがスタジオの床に響き、ドアがきしみながら開く音を聞いて、彼女は唇を閉じた。

十五年間の人生のほとんどを、ヴァイオリンの弦をかき鳴らすくぐもった味気のない音に遮られる以外には静けさに包まれて、ドアの後ろから現れる顔と肩に目をやることだけをして生きてきたような奇妙な感覚を、少しの間抱いた。ビルダーバッハ先生。彼女の指導者、ビルダーバッハ先生。鼈甲眼鏡の後ろに見えるすばしこい眼。明るい色の薄い髪、その下にある細長い顔。厚い唇はかすかに開き、噛みしめられた下唇がピンク色に輝く。こめかみをジグザグに走る青筋は、部屋の反対側からでもわかるぐらいぴくぴくと脈打っている。

「少し早いのでは？」彼はそう言ってマントルピースの上の時計を見やったが、時計はひと月の間、十二時五分のところで止まったままになっていた。「ジョゼフが来ているんだ。彼の知り合いがつくったソナチネを合わせていたところでね」

「そうですか」と彼女は言って、笑顔をつくろうとした。「聞かせてください」。ぼやけたピアノの鍵盤に自分の手が力なく沈みこんでいくのが見えた。疲れを感じた――これ以上見つめられたら、手が震えだしそうだった。

どうするか決めかねたように、先生は部屋に入りかけたまま立っていた。血色よくふくれた唇に歯が鋭く押しあてられていた。「お腹が空いてるかい、ビーンヘェン？」と、彼は言った。「アンナがつくったアップルケーキとミルクがある」

「後で食べます」と、彼女は答えた。「ありがとう」

「とてもよいレッスンをやって、その後がいい――そうだね？」口角のあたりで笑みがくずれていくように見えた。

スタジオの後ろの方で音がして。ラフコヴィッツ先生がもう片方のドアを押して入ると、彼のとなりに立った。

「フランセス？」と、ほほえんで彼は言った。「あの曲はどんな調子だい？」

本人に悪気はないのだけど、ラフコヴィッツ先生といるといつも、ぶきっちょで大きくなりすぎたような気持ちになった。先生はとても背が低くて、ヴァイオリンをもっていないときは弱々しい感じがした。血色が悪くユダヤ系独特の顔立ちで、湾曲した眉が高い位置にあるせいでなにかを問いかけているみたいだったが、まぶたは重くかぶさり、物憂く興味なさげに見えた。今日の彼は落ち着かないようだった。彼女が見ていると、先生はとくにすることもないのに部屋に入ってきて、真珠で縁どられた弓を指で支えて、白い馬毛の部分に松脂の塊をするすると塗りつけていた。今日は眼をぱっちりと見開いて、襟元から垂れたリネンのハンカチとのコントラストで、眼の色がいっそう暗く見えた。

「忙しくやってるようだね」と言って、ラフコヴィッツ先生はほほえんだ。でも彼女はまだ何も答えていなかった。

彼女はビルダーバッハ先生の方を見た。彼は目を逸らした。いかつい肩でドアを押し開くと、スタジオの窓越しに午後の日差しが、埃っぽい居間まで黄色く差してきた。先生の後ろに鎮座している背の高いピアノと窓とブラームスの胸像が見えた。

「いえ」と彼女はラフコヴィッツ先生に言った。「全然だめなんです」細い指で楽譜をめくった。「何が問題なのかわからなくて」そう言ってビルダーバッハ先生を見ると、がっしりとした背中を丸めて、強ばった姿勢のままで聞いているのだった。

ラフコヴィッツ先生は笑顔を浮かべて言った。「思うに、そういうときはあるものだよ。たとえば――」

　ピアノから鋭い和音が鳴り響いた。「そろそろ始めようじゃないか」と、ビルダーバッハ先生が言った。

「すぐ行く」と、ラフコヴィッツ先生は言って、弓をもう一度拭ってからドアの方に向かった。ピアノの上に置いてあるヴァイオリンを取りあげるのが見えた。目が合うと、楽器を降ろして彼は言った。「ハイムの写真を見たかい？」

　彼女の指は楽譜かばんの鋭い角をぎゅっと摑んだ。「どんな写真ですか？」

「テーブルの上の『ミュージカル・クーリエ』に載ったやつさ。おもて表紙の内側の写真だ」

　ソナチネがはじまった。不協和音なのになぜだかシンプルな曲。からっぽな割にそれなりの切れ味鋭いスタイルがある。彼女は雑誌を手に取って開いた。

　ハイムがそこにいた――左側の隅のほうに。ヴァイオリンを手にして、指がピチカートを弾くために弦に引っかけられていた。暗い色のサージ生地のニッカーズを膝下でとめて穿き、セーターから折り返した襟がのぞいていた。ひどい写真だった。横顔を撮られているのにカメラ目線になっていて、指は間違った弦を押さえているみたいに見えた。撮影装置のほうを向こうと四苦八苦しているみたいだった。ハイムは痩せていた――前みたいにお腹が出てはいなかった――といっても、六カ月ではたいして変わらなかったけど。

才能ある若きヴァイオリニスト、ハイム・イズラエルスキー、リヴァーサイド・ドライブの指導者のスタジオで練習中。まもなく十五歳の誕生日を迎える若き名手、イズラエルスキー氏をベートーヴェンの協奏曲の演奏に招いたのは――

その日の朝、六時から八時まで練習した後、家族と一緒に朝食の席に着くように父親に言われた。朝食はきらいだった。食べた後で気持ち悪くなるから。朝は抜いて昼食用の小遣いでチョコバーを四つ買って、学校にいる間じゅう食べつづけるほうがよかった――ハンカチに包んでポケットに入れたのを一口ずつ出しては食べ、銀紙の擦(こす)れる音がしたらぴたりと動きを止めるのだ。でも今朝は父親に目玉焼きを皿に載せられた――目玉焼きがつぶれて、どろどろの黄身が白身の上にかかったら、泣いてしまいそうだった。実際そうなった。ちょうどいまもそんな気持ちだった。雑誌をこわごわとテーブルの上に戻すと、眼を閉じた。

スタジオの音楽は、激しくぎこちなく、手に入らないものを目ざして高まっているようだった。しばらくすると、彼女の思考はハイムと協奏曲と写真から離れ、もう一度レッスンに戻っていった。スタジオのなかがよく見える位置までソファの上で体をすべらせた——ふたりは演奏していた。ピアノの上の楽譜を目で追いながら、貪欲にできる限りのものを引き出そうとして。

さっきビルダーバッハ先生が彼女を見つめていたときの表情が頭から離れなかった。フーガの動きに無意識にぴくぴくと反応していたその手は、骨ばった膝のうえに置かれていた。疲れていた。練習しすぎた夜に眠りに落ちる手前の、目まぐるしく沈みこんでいくような感覚があった。半分目が覚めているときに見る不快な夢みたいに、ざわめきのなかで回転木馬に乗せられるような感じだった。

天才少女（ヴンダーキント）——天才少女——天才少女。その音節はドイツ語らしい奥深いうねりをもってくり出され、轟音とともに耳に響いたかと思うとつぶやきへと弱まる。音と一緒にさまざまな顔が輪になって現れ、歪んでふくれあがったり、青白い斑点のように縮んだりした——ビルダーバッハ先生に、ハイム、ラフコヴィッツ先生の顔。それらがぐるぐると回りながら、ざらざらした天才少女（ヴンダーキント）の音になった。輪の真ん中にビルダーバッハ先生が大きく現れ、ほかの顔と一緒になって、訴えかけるような表情を見せた。

曲のフレーズが狂ったように上下していた。一握りのビー玉が階段の下に落ちていくように、彼女が練習していた音同士がぶつかり合ってこぼれた。バッハ、ドビュッシー、プロコフィエフ、ブラームスの楽曲が、彼女の疲れきった身体のかすかな鼓動と、うなり声を上げる顔の輪のリズムにグロテスクに調子を合わせていた。

ときどき——三時間以上練習していないときや、高校に行っていないときは、夢はそれほどめちゃくちゃではなかった。頭のなかで音楽がはっきりと鳴り響き、ちょっとした記憶が素早く正確なかたちで戻ってきた——ふたりのジョイント・コンサートが終わった後でハイムが彼女にくれた、なよなよした「無垢の時代」（十八世紀後半にサー・ジョシュア・レノルズが描いた小さな少女の肖像画で、無垢な子ども時代のイメージとして複製されて広まり、イーディス・ウォートンの同名小説のタイトルにも使われた）の絵なんかも、まざまざとよみがえってきたくらいだ。

天才少女——天才少女。十二歳ではじめて指導を受けたとき、ビルダーバッハ先生は彼女をそう呼んだのだ。年上の生徒たちもその言葉をくり返した。

もっとも先生がその言葉を彼女に対して用いたのではなかった。「ビーンヘェン（みつばちさん）」（彼女にはありきたりのアメリカの名前があったが、あまりにひどい間違いをしたときでもなければ先生はそれを使わなかった）——という呼び名を、先生は使った。「大変なことだろうね。どこに行くにもそんな鈍い頭をしてるんじゃ。かわいそうなビーンヘェン——」

ビルダーバッハ先生の父親はオランダ人のヴァイオリン奏者だった。母親はプラハ出身だった。先生自身はこの国で生まれて、若いころはドイツに住んだ。シンシナティなんかで生まれ育たなければよかったのにと、何度彼女が思ったことか。チーズはドイツ語でなんて言うんですか？　ビルダーバッハ先生、「おっしゃることがわかりません」をオランダ語にしたらどうなりますか？

　彼女がはじめてスタジオに来た日。「ハンガリー狂詩曲第二番」をぜんぶそらで弾いた後。黄昏どきで部屋は薄暗かった。ピアノに寄りかかったときの先生の顔。

「では最初からもう一度」と、あの最初の日に彼は言ったのだ。「それには——音楽を演奏するには——賢いだけじゃだめなんだ。十二歳の娘が二度の和音をつくるために指でいくつもの鍵盤を押さえられるかなんてことには——なんの意味もない」

　彼はずんぐりした手で、広い胸板と額をこつこつと叩いた。「こことここ。もうわかる年頃だろう」煙草に火をつけると、彼女の頭越しに最初の一息をふうっと吐いた。

「そこから先は、練習、練習、また練習だ。じゃあこのバッハのインヴェンションとシューマンの小曲からはじめよう」手がまた動いた——今度は彼女の後ろのランプのコードを摑んで、楽譜を照らそうとしたのだ。「どう練習してほしいか教えよう。よく聞きなさい」

　彼女はもう三時間近くもピアノの前にいて、疲れきっていた。先生の喉にかかる声は、彼女のなかに入りこんで長いことさまよっているみたいに聞こえた。手を伸ばして、先生がフレーズを区切るのに使う隆々とした指に触れてみたかった。輝く金色の指輪と指の甲側の毛深い部分に触れてみたかった。

　彼女は火曜の放課後と土曜の午後にレッスンを受けた。土曜のレッスンが終わった後も残って夕食をごちそうになり、一晩泊まって翌朝に市電で帰宅することもよくあった。ビルダーバッハ夫人は物静かでほとんど口もきかなかったが、彼女を気に入ってくれた。夫とはまったくちがうタイプだった。静かで、太っていて、動きがゆったりとしていた。キッチンで夫婦好みの濃厚な料理をつくっているとき以外は、一日じゅう上階の寝室にいて雑誌を読むか、薄笑みを浮かべてひたすら虚空を見つめていた。ふたりがドイツで結婚したころ、彼女は歌曲（リート）の歌手だった。もう歌うのはやめていた（喉を悪くしたのだと彼女は言った）。キッチンから彼女を呼び寄せて生徒の音楽を聞かせると、いつもにっこりして、いいわ（グート）、とてもいいわ（グート）ねと言うのだった。

　フランセスが十三歳だったある日、夫妻には子どもがいないということに思い当たった。妙な感じがした。キッチンにビルダーバック夫人と引っこんでいると、先生が気に入らないことをした生徒に対する怒りでぴりぴりしながら、スタジオから大股でやって来たことがあった。立って濃厚なスープをかき混ぜている妻の身体をまさぐると、肩のところで手を止めた。彼が腕を回して、色白でぽってりした首に骨ばった顔をうずめると、彼女は落ち着き払った様子で振り返った。ふたりはそのまま身動きせずに立っていた。それから彼が急に顔を引きあげると、怒りは静かな無表情へと変わり、スタジオに戻っていった。

ビルダーバッハ先生に習いはじめて高校の人たちとつき合う暇もなくなった後は、同年代の友だちと言えるのはハイムぐらいだった。ハイムはラフコヴィッツ先生の生徒で、彼女がビルダーバッハ先生のところに来ている晩は、このふたりも連れだってやって来た。ビルダーバッハ先生の演奏を聞いたり、モーツァルトのソナタやブロッホなどの室内楽を自分たちで弾いたりすることもあった。

天才少女――天才少女。

ハイムは天才だった。そのころは、彼も彼女もそうだった。

ハイムは四歳のころからヴァイオリンを弾いていた。学校には通わなくてもよかった。ラフコヴィッツ先生の兄弟で身体に不自由のある人が、午後に幾何学やヨーロッパ史やフランス語の動詞について教えてくれたのだ。十三歳のころには、シンシナティのほかの誰にも劣らないヴァイオリニストになっていた――みんながそう言った。でもピアノよりヴァイオリンのほうが簡単だ。そうに違いないと彼女にはわかっていた。

ハイムはいつも、コーデュロイのパンツと少し前に食べたものと松脂の匂いがした。手の拳のあたりが汚れていて、セーターの袖口からシャツのカフスがよれよれになってのぞいていることもしょっちゅうだった。彼女はいつも、演奏するときの彼の手を眺めた——関節のところだけが細くて、固い肉のでっぱりが短く切った爪に食いこんでいて、弓を使うほうの手首には赤ちゃんみたいな肉のひだがくっきりとできた。

半分目覚めているときの夢のなかでは、コンサートのことはぼんやりとしか思い出せなかった。何カ月も経ってからでないと、自分の出来がよくなかったのかどうかもわからなかった。そりゃあ、新聞がよく褒めたのはハイムのほうだったけれど。でもハイムは彼女よりずっと背が低かったし。一緒にステージに立ったとき、彼の身長は彼女の肩あたりまでしかなかった。そういうことで人びとの印象は変わる、彼女はそう知っていた。それに、一緒に演奏したソナタにも問題があった。例のブロッホの曲。「いやいや、それは適当ではないと思う。」演目の最後にブロッホをもってくることを提案されたとき、ビルダーバッハ先生はそう言ったのだ。「ジョン・パウエルのあれはどうかな——『ソナタ・ヴァージニアネスク』は」

そのときには彼女にもわからなかった。ラフコヴィッツ先生やハイムと同じように、ブロッホがいいと思っていた。

　ビルダーバッハ先生は降参した。後になって、彼女にはこの種の音楽を演奏する気質が欠けているという評が出たり、演奏が弱々しくて感情が足りないとけなされたりしてはじめて、だまされたような気がしてきた。「ああいうガーガーうるさいのは」と、ビルダーバッハ先生は彼女の前で新聞を破いて見せながら言った。「君にはふさわしくないよ、ビーンヘェン。ああいうのは全部、ハイムとか何とかヴィッツとか何とかスキーに任せておきなさい」天才少女。新聞が何と言おうと、先生は彼女をそう呼んだのだ。

　どうして彼女よりハイムの方がコンサートでずっとうまくやれたんだろう。ときどき学校で、誰かが黒板の前で幾何の問題をやらされているのを見ていると、その問いが彼女のなかにナイフみたいにねじこまれた。ベッドにいるときも、ピアノに集中していないといけないときですら、そのことで思い悩んだ。例のブロッホの曲とか、彼女がユダヤ系でないことが問題だったんじゃない――少なくともそれがすべてではなかった。ハイムが学校に行かなくてもよくて、楽器をはじめたのがすごく早かったから、というのでもなかった。じゃあ、一体なんだったのか――？

　わかったような気がしたこともあった。

「『幻想曲とフーガ』を弾きなさい」と、一年前のある晩にビルダーバッハ先生が命じた。先生とラフコヴィッツ先生が楽譜読みを終えた後のことだった。バッハのその曲を、うまく弾けたという感じが彼女にはあった。視界の端に、落ち着いて満足げな表情を浮かべたビルダーバッハ先生の顔が見え、フレーズの最高潮をうまく切り抜けるたびに、その手は劇的に椅子の肘かけから差しあげられてはゆったりと沈みこんだ。曲が終わると彼女はピアノから立ちあがり、息を飲んで音楽が満たした喉や胸のまわりの緊張を和らげようとした。でも――

「フランセス――」やにわにラフコヴィッツ先生が、への字に曲がった薄い唇と、繊細なまぶたが覆いかぶさった眼でこう言ったのだ。「バッハには何人子どもがいたか、知ってるかい」

彼女は先生の方に向き直って、困ったように答えた。「たくさんです。二十人ぐらいとか」

「ということは――」微笑を浮かべた先生の口角は、青白い顔に繊細に彫り込まれているみたいに見えた。「そんなに冷酷な人物だったはずがないだろう――そうだとすればね」

ビルダーバッハ先生は不満げだった。光彩のある喉声で発せられたドイツ語のどこかに、「キント」の音が混じっていた。ラフコヴィッツ先生が眉をひそめた。要点は彼女にも簡単につかめたが、無表情で子どもじみた表情を浮かべたままでいるのにも悪気は感じなかった。そのほうがビルダーバッハ先生の受けがよかったからだ。だけどそういうことはどれもこれもまるで関係なかった。少なくともそんなには。彼女だって大人になるし、ビルダーバッハ先生にもわかっていただろう。ラフコヴィッツ先生だって、本気であんなことを言ったわけじゃない。

夢のなかで、ビルダーバッハ先生の顔はぐるぐると回る輪の真ん中で伸び縮みした。唇がそっと訴えかけ、こめかみに浮き出た血管が強く主張していた。

でもときには、眠りにつく前に、記憶がとても鮮やかによみがえることもあった。ストッキングの穴の開いているところを引っ張って靴で隠そうとしているときのこと。「ビーンヘェン！　ビーンヘェン！」そう言って先生は夫人の裁縫籠をもってきて、こういうものは丸めて積み上げておかないで繕わないといけないと言ったのだった。

それから、中学を卒業したときのこと。

「なにを着ていくの?」講堂まで行進していく練習をしていることを日曜の朝食のときに告げると、ビルダーバッハ夫人がそう聞いた。

「いとこが去年着たイブニングドレスを着ようと思って」

「ああ――ビーンヘェン！」ずんぐりした手のなかで温かいコーヒーカップをくるく

ると回し、目尻に皺を寄せて笑いながら彼女を見つめて、先生が言った。「ぼくには君の気に入りそうなものがわかる――」

先生は頑として譲らなかった。正直どうでもいいと思っているのだと説明しても、信じようとしなかった。

「こうだからな、アンナ」と言って、ナプキンをテーブルの奥に押しやると、部屋の反対側までお尻を振りながらしゃなりしゃなりと歩いていき、鼈甲眼鏡をかけた眼で天を仰いだ。

その次の日曜の午後のレッスンの後、先生はダウンタウンのデパートに彼女を連れて行った。売り子の女たちが反物を広げると、彼は薄いネット地やぱりぱりとしたタフタを太い指で均(なら)した。いろんな色見本を彼女の顔に寄せて、頭を片側に傾け、ピンク色を選んだ。靴も必要なことを彼は覚えていた。白い子ども用パンプスが一番気に入ったようだった。なんだか年寄りの靴みたいに彼女には思えたし、中敷きに貼ってある赤十字のラベルのせいでチャリティ品みたいな感じがした。だけどいずれにしろ、どうでもよかったのだ。ビルダーバッハ夫人がドレス型を切り出して、ピンで彼女の身体に当てはじめると、先生はレッスンを中断してそばにやって来て、腰回りと首にラッフルをつけて、肩には装飾的な薔薇(ばら)の花飾りをつけるよう提案した。そのころは音楽もうまくいっていた。ドレスとか卒業式とかそういうあれこれは、些末なことでしかなかった。

音楽をあるべきかたちで奏でること以外は、たいして大事ではなかった。大事なのは自分のなかにあるはずのものを表現し、練習に練習を重ねて、ビルダーバッハ先生が訴えかけるような表情を浮かべないような演奏をすることだけ。マイラ・ヘスやユーディ・メニューインが――ハイムでさえもが！――もっているなにかを、自分の音楽で表現することだけだった。

四カ月前になにが起きたんだろう？　上っ面だけの抑揚のない音色があふれ出してきた。思春期ってやつだ、と彼女は思った。子どもたちのなかには将来を嘱望されながら演奏し、練習して、練習して、挙句の果てに彼女と同じように、くだらないことで泣き出したり、大事なこと――自分たちが切望するもの――をわかってもらおうと努めるのに疲れてしまう子たちもいて――それからなにかおかしなことになり出して――でも彼女はちがう！　彼女はハイムと同じなんだ。そうに決まっていた。彼女は――

かつてはたしかにそこにあったんだ。そういうものはなくなったりはしない。天才少女……天才少女……。先生は彼女のことをそう言ったんだ。はっきりとした奥深いドイツ語の言葉をとどろかせて。夢のなかではその音はいっそう深く、たしかな響きをもっていた。先生の顔がこちらに迫ってきて、切望する音楽のフレーズが大きくなってぐるぐる回る顔と混じりあう――天才少女……天才少女……。

今日の午後ビルダーバッハ先生は、いつものようにラフコヴィッツ先生を玄関まで送っては行かなかった。ピアノの前にとどまって、そっと単音を指で押さえていた。それを聞きながら、フランセスはヴァイオリニストが青白い首にマフラーを巻きつけるのを眺めた。

「ハイムの写真、いいですね」と、楽譜を読みながら彼女は言った。「二カ月前に手紙をもらいました――シュナーベルとフーベルマンを聴きに行ったとか、カーネギーホールのこととか、ロシア式のティールームに行ったら食べたほうがいいもののことなんかが書いてありました」

スタジオに行くまでの時間を少しでも引き伸ばそうとして、彼女はラフコヴィッツ先生が帰る用意ができるまで待ち、ドアを開けて出ようとするその背後に立った。外の凍りつくような寒さが部屋に入ってきた。遅くなってきて、空気には冬のほの青い黄昏の色が染みこんでいた。蝶番（ちょうつがい）式のドアがさっと閉まると、知らないうちに家のなかはいつになく暗く静かになったような気がした。

　スタジオに入っていくと、ビルダーバッハ先生はピアノから立ちあがって、彼女が鍵盤の前に腰かけるのを黙って見つめた。

「さて、ビーンヘェン」と彼は言った。「今日の午後は最初から通して弾き直そう。いちからまき直しだ。ここ数カ月のことは忘れなさい」

　先生はまるで映画の役柄でも演じようとしているみたいだった。がっしりとした身体をつま先から踵まで揺らしながら、両手をすり合わせ、満足しきった映画みたいな笑顔をつくってさえ見せた。それから急に、そういう態度をぞんざいに脇にのけた。屈強な肩を前にかがめて、彼女がもってきた楽譜の山をざっと眺めだした。「バッハか――いや、まだだ」と、彼はつぶやいた。「ベートーヴェンか？　そうだ、変奏曲形式のソナタがいい。作品二十六。」

　ピアノの鍵盤が彼女を取り囲んだ――固くて、白くて、生気がなかった。

「ちょっと待ちなさい」と、先生が言った。ピアノの湾曲したところに立ち、肘をついて彼女を見た。「今日は結果を出してもらいたい。このソナタは――きみがはじめて弾いたベートーヴェンのソナタだ。どの音もコントロールできている――技術的な意味では。だから音楽そのものと向き合いさえすればいい。音楽だけだ。それだけを考えなさい」

楽譜のページをめくり、先生はお目当ての箇所を見つけた。それから指導用の椅子を部屋の真ん中まで引っぱっていき、向きを逆にすると、椅子の背側にまたがるように腰かけた。

なぜだか、先生がこの座り方をするときはたいていうまく演奏できるとわかっていた。でも今日は、視界の隅に彼が入って気が散りそうだった。先生は背中をまっすぐに伸ばして、脚にも力が入っていた。目の前に置いているぶ厚い楽譜は、椅子の上でぐらぐらしているように見えた。「さあ、はじめよう」有無を言わせぬ調子で彼女のほうに鋭く目を向けて、そう言った。

彼女の手は鍵盤のうえにかぶさり、そして沈みこんだ。最初の音は大きすぎたし、続くほかのフレーズは単調に響いた。

先生が楽譜からぱっと手を挙げた。「待った！　ちょっとなにをやってるのか考えてみなさい。この最初のところはどんな指示がある？」

「ゆるやかに（アンダンテ）です」

「よろしい。ではゆっくりと（アダージョ）までずれこまないように。それから、鍵盤をしっかり弾きなさい。そんな風に浅く押さえるんじゃなくて。優美で奥深いアンダンテ――」

彼女はもう一度やってみた。自分のなかにあった音楽と手が引き裂かれてしまったみたいだった。

「聞きなさい」と、先生が割って入った。「全体を支配してるのはどの変奏曲だい？」

「葬送曲（ダージ）です」と、彼女は答えた。

「ではそれに備えなさい。これはアンダンテだ――でも、いま君が弾いたサロン音楽風のものとはちがう。入りはやわらかに、小さく（ピアノ）、それからアルペッジョ（和音の構成音を一音ずつ弾いていく奏法）の直前で盛り上げる。暖かくドラマチックに。それからここ――やさしく（ドルチェ）と指示があるところでは、対旋律を際立たせるんだ。全部知ってるだろう。前にずいぶんやったところだよ。さあ、弾きなさい。ベートーヴェンが譜面に起こす様子を感じて。悲劇と抑制を感じて」

先生の手から目が離せなかった。楽譜の上に一時的に置かれた手は、彼女が弾きはじめるやいなや停止信号のように飛び上がり、指輪の輝きとともに弾くのをやめろと言われそうな気がした。「ビルダーバッハ先生――あの――最初の変奏曲だけでも通して弾かせてもらえたら、うまく行くと思います」

「止めたりしないよ」と、先生は言った。

彼女の青ざめた顔は鍵盤に近づきすぎていた。第一部を弾ききって、先生が頷（うなず）くのを見て第二部に進んだ。耳障りなほどの間違いはなかったけど、自分が感じた意味をフレーズに込める前に指が動いてしまっているみたいだった。

弾き終えると先生は楽譜から目を上げ、感情を込めずにずばりと言いはじめた。

「右手のハーモニーの内容がほとんど聞こえてこなかった。それからついでに言うと、この部分は激しさを増してくるところで、最初の部分にあった原型を発展させないといけない。だけどまあ、次に行きなさい」

抑制の利いた獰猛（どうもう）さで曲をはじめて、深く湧き出るような哀しみの感情へと進化させていきたかった。彼女の心がそう語っていた。でも指はぐにゃぐにゃしたマカロニみたいに鍵盤に吸いつくようになって、音楽のあるべき姿を想像することができなかった。

最後の音の残響が消えると、先生は楽譜を閉じてゆっくりと椅子から立ちあがった。下顎（したあご）を左右に動かしていた――開いた唇の隙間から、喉元まで広がるピンク色の健康な口内と、丈夫で煙草のやにで黄色くなった歯がのぞいていた。ベートーヴェンをそっと彼女がもってきた他の楽譜に重ねて置き、すべらかな黒いピアノの上部にまた肘をついた。「だめだ」彼女を見て、単刀直入に彼は言った。

彼女の口が震えだした。「どうにもならないんです。あたし――」

いきなり先生は唇をぴんと張らせて笑顔をつくった。「聞くんだ、ビーンヘェン」

これまでになく力のこもった声で、こうはじめた。「『調子のいい鍛冶屋』はまだ弾くんだろう？　レパートリーから外さないほうがいいと言ったね」

「はい」と彼女は答えた。「ときどき練習します」

先生の声は子ども相手に話すときみたいに聞こえた。「僕たちがはじめて一緒に練習した曲のひとつだったね――覚えてるかい。すごく力強く弾いたじゃないか――まるで本物の鍛冶屋の娘みたいに。わかるかい、ビーンヘェン、僕はきみのことをよく知っている――自分の娘みたいに。きみの才能はわかってるんだ――たくさんの曲を美しく弾くのを聞いたからね。以前のきみは――」

混乱したように先生は言い淀み、ざら紙の煙草の吸いさしを吸った。ピンク色の唇から煙が漏れて、彼女の細い髪と幼さの残る額に灰色の霧のようにまつわりついた。「幸福でシンプルな感じにしよう」と彼は言って、彼女の背後のランプのスイッチを入れ、ピアノから離れた。

少しの間、先生はランプが照らす明るい輪のすぐ内側に立っていた。それから衝動的に床にあぐらをかいて座った。「元気よくやる」

先生から目を離せなかった。片方の踵の上に腰かけ、もう一方の足は正面に投げ出してバランスを取り、頑強な太ももはズボンの布からはち切れそうで、背中はまっすぐに伸ばし、肘をしっかりと膝の上についていた。「シンプルに行こう」と、肉づきのよい手を振りまわしながら彼はくり返した。「鍛冶屋のことを考えてみたまえ――一日じゅう太陽の下で働いてる。気楽で邪魔が入らない仕事だ」

彼女はピアノに目線を落とすことができなかった。先生が広げた手の甲に生えた毛を光が照らし、眼鏡のレンズをぎらぎらさせていた。

「それを全部やってみよう」と彼は促した。「さあ！」

骨の髄が空洞になって、血の気が失せてしまったように感じた。午後じゅう胸をばくばくさせていた心臓は、止まってしまったようだった。牡蠣（かき）みたいに、灰色でぐにゃぐにゃして萎（しな）びた心臓が目に浮かんだ。

先生の顔が彼女の前の空間で震動し、こめかみの血管がぴくぴくする動きとともに近づいてくるようだった。顔を避けるように、彼女はピアノを見下ろした。唇はゼリーのように震え、音も立てずに涙があふれ、白い鍵盤は水が滲（にじ）んだ線のように見えた。

「できません」絞り出すように彼女は言った。「どうしてだかわからないんです。でもできない――もうできないんです」

強ばった身体がゆるみ、手を脇にやると、彼は立ちあがった。彼女は楽譜を抱えて、彼の前を通りすぎた。

コート。ミトンにオーバーシューズ。学校の教科書に、先生が誕生日にくれた楽譜かばん。その全部を、彼女が使わせてもらっていた静かな部屋から取りだして。早くしないと――先生がなにか言わないといけない気になる前に。

玄関を通りすぎるとき、先生の手から目を逸らすことができなかった――スタジオのドアに寄りかかった身体から差しだされたその手は、ゆったりと所在なさげだった。ドアを強く閉めすぎた。本とかばんを引きずってつまずきながら石段を降り、帰り道とは違う方に曲がって、騒音と自転車とほかの子どもたちがゲームに興じる声でざわつく街路を、あたふたと歩いて行った。

マダム・ジレンスキーとフィンランド国王

ライダー・カレッジの教員陣にマダム・ジレンスキーを迎えたのは、ひとえに音楽学部の長であるブルック氏の功績だった。カレッジ側にしてみれば、幸運なことだった。作曲家としても教育者としても誉れ高い人物だったのだから。ブルック氏はマダム・ジレンスキーの住居を見つける責任をみずから引き受け、庭つきの住みやすい物件を見つけた。大学にも行きやすく、彼自身が住むアパートの隣にある家だった。

マダム・ジレンスキーが来る前から彼女のことを知っていた者は、ウェストブリッジにはいなかった。ブルック氏は音楽雑誌で彼女の写真を見たことがあったし、とあるブクステフーデ（デンマークの作曲家、オルガン奏者）の手稿譜が本物かどうかについて手紙を書いたこともあった。それから、彼女が学部に加わることに決まったとき、実際的な事柄についていくらか電報や手紙を交わした。くっきりとした角ばった文字を書く人で、手紙で変わった点があるとすれば、「リスボンの黄色い猫」とか「かわいそうなハインリッヒ」とか、ブルック氏が知る由もない事柄や人物に折に触れて言及することぐらいだった。この種の誤りは、混乱のなか家族ともどもヨーロッパを出ようとしていたことに起因するのだろうと、ブルック氏は考えた。

ブルック氏にはパステル画のような柔和さがあった。何年もモーツァルトのメヌエットや、減七和音や短三和音の説明に取り組んできたことで、注意深い職業上の忍耐力が身についた。大体において彼はひとりで過ごした。アカデミックなばか騒ぎも委員会も忌み嫌っていた。何年も前に、音楽学部の面々が勢ぞろいしてザルツブルクでひと夏を過ごそうと決めたときも、ブルック氏はぎりぎりになって約束を反故にし、ペルーに一人旅をした。自身いくらか変わったところがあるので、他人の奇癖にも寛容だった。実際のところ、ばかばかしいこともそれなりに楽しめるたちでもあった。深刻で理解しがたい事態に直面するとしばしば、体の内側にちょっとむずがゆい感じを覚えて、面長で温和な顔がこわばり、灰色の眼の鋭さが増した。

秋学期が始まる一週間前に、ブルック氏はウェストブリッジ駅でマダム・ジレンスキーを出迎えた。ひと目で彼女だとわかった。青白くやつれた顔をして、上背があり姿勢のいい女性だった。目元には深い影が差し、乱れた暗い色の髪を額に撫でつけていた。大きく繊細なその手は、汚れてひどくべたべたしていた。その人柄全体にどこか高貴で深遠な感じがあったので、ブルック氏はたじろいで、しばしの間カフスボタンをいじくりながら立ちつくしていた。着ていた服——黒のロングスカートとよれよれの古い革のジャケット——とは裏腹に、おぼろげな優雅さが彼女にはあった。マダム・ジレンスキーとともに三人の子どもたちがいた——十歳から六歳の間の男の子たちで、いずれも金髪の髪に虚ろな眼をした、美しい子どもたちだった。もうひとり年取った女性がいて、後になってフィンランド人の小間使いだとわかった。

この一団を、彼は駅で見つけたのだ。持っていた荷物といえば、楽譜の詰まった巨大な箱がふたつきりで、残りの身の回り品はスプリングフィールドで列車を乗り換えたときに忘れてきたと言う。誰にでも起こりうることだ。ブルック氏は一行をタクシーに乗せると、最大の難関は乗り切ったという気持ちになったが、マダム・ジレンスキーはいきなり彼の膝のうえに這いのぼると、車を降りようとした。

「なんてこと！」と彼女は言った。「あれを忘れたわ——なんて言うのかしら？　わたしのチクタク——」

「時計ですか？」とブルック氏は尋ねた。

「いいえ、違うのよ！」彼女は強い口調で言った。「わかるでしょう、わたしのチクタクタク」、そう言って振り子のように人差し指を左右に振った。

「チクタクですか」とブルック氏は言って、額に手を当てて眼を閉じた。「もしかして、メトロノームのことでしょうか？」

「そう！　そうよ！　列車を乗り換えるときに忘れたんだわ」

ブルック氏はなんとか彼女を落ち着かせた。茫然として妙に慇懃になってしまい、明日もうひとつ買えばいいですから、とすら言ったのだ。だが同時に、ほかの荷物も全部なくしたというときに、メトロノームひとつにここまで大騒ぎするのかと、どこか訝しく感じることも認めざるを得なかった。

ジレンスキー一家は隣に引っ越してきて、表面的には万事順調だった。男の子たちは物静かだった。名前をそれぞれ、シグムンド、ボリス、サミーといった。いつも三人一緒で、インディアンのように隊列を組んでたがいの後をついて回り、たいていシグムンドが先頭だった。自分たちの間では、ロシア語、フランス語、フィンランド語、ドイツ語、英語が混ぜこぜになった、やけっぱちなエスペラントまがいの家族語を話した。他人の前では、不自然なほど静かだった。なにかジレンスキー一家がした特定のことがあって、ブルック氏が不安になったというわけではない。取るに足らないことがいくつかあっただけだ。たとえば、ジレンスキー家の子どもたちが家にいると、なぜか無意識に気になることがあり、それは男の子たちが決して絨毯（じゅうたん）のうえを歩かないようにしていることだと、やがて思い至った。一列になって迂回して裸の床を歩き、部屋全体に絨毯が敷き詰められていた場合には、戸口に佇（たたず）んでなかには入らなかった。もうひとつある。何週間経（た）っても、マダム・ジレンスキーは落ち着く様子を見せず、テーブルひとつとベッド数台以外の家具を家に入れようとしなかった。昼も夜も玄関のドアは開け放され、間もなく家は、何年も打ち棄てられた場所のように奇妙（クイア）で暗い雰囲気を纏（まと）うようになった。

大学側はマダム・ジレンスキーをいたく気に入った。教えるのもとても熱心だった。メアリー・オーウェンズだのバーナディン・スミスだのが、指示したようにスカルラッティ風の装飾音（トリル）を拾いきれないと、ひどく腹を立てた。大学のスタジオにはピアノを四台確保して、訳が分からない様子の学生四人にバッハのフーガを連奏させた。彼女のいる側の学部の建物からはすさまじい騒音がしたが、マダム・ジレンスキーは一向に意に介さないようで、純粋な意思と努力によって音楽的思考を獲得できるというなら、ライダー・カレッジはこのうえなくうまくやっていたと言える。夜になるとマダム・ジレンスキーは、自身の協奏曲第十二番に取り組んだ。少しも眠ることがないように見えた。何時であっても、居間の窓から外を見ると、彼女のスタジオにはいつも明かりがついていた。いや、ブルック氏が疑いを抱きはじめたのは、職業的な部分とはなんら関係のない理由からだった。

間違いなくなにかがおかしいと最初に感じたのは、十月下旬のことだった。その日はマダム・ジレンスキーと楽しくランチをした。彼女は一九二八年のアフリカでのサファリ体験について、微に入り細に入った語りを披露した。同じ日の午後、彼女は彼のオフィスに立ち寄り、戸口のところにどこかものものしい様子で佇んだ。

ブルック氏は机から目を上げて尋ねた。「なにかご用ですか?」

「いいえ、大丈夫」と、マダム・ジレンスキーは言った。低く美しい、陰のある声だった。「ただちょっと考えていただけ。メトロノームのこと、覚えてるでしょう。ひょっとするとあのフランス人のところに置いてきたのかしら」

「誰ですって?」ブルック氏は尋ねた。

「誰ってあの、わたしが結婚してたフランスの男」と、彼女は答えた。

「フランスの方ですか」と、おだやかにブルック氏は言った。マダム・ジレンスキーの夫を想像してみようとしたが、理性がそれを拒んだ。半ば独り言のように彼は言った。「子どもたちのご父君に当たる方でしょうか」

りです」

「いえ、違うの」マダム・ジレンスキーはきっぱりと言った。「彼の子はサミーひとりです」

ブルック氏には鋭い洞察力があった。本能の深い部分が、これ以上なにも言うなと警告した。それでも、秩序に払う敬意や良心が、こう聞くように迫った。「ほかのふたりのお父上は？」

マダム・ジレンスキーは後頭部に手を当てて、短く切りこまれた髪をかき上げた。夢見るような表情を浮かべ、しばらくの間答えなかった。そうして、静かにこう言った。「ボリスの父親は、ポーランド人のピッコロ奏者なの」

「シグムンドは？」と彼は聞いた。整理整頓の行き届いた自分の机を、ブルック氏は眺めた。添削した紙のひと山と、削った鉛筆が三本、象牙の文鎮。マダム・ジレンスキーの方を見やると、明らかに必死で考えているようだった。部屋の四隅を見渡して眉をひそめ、歯ぎしりをしていた。やっとのことで彼女は言った。「シグムンドの父親の話だったかしら？」

「いえいえ」とブルック氏は言った。「別におっしゃらなくていいですから」

マダム・ジレンスキーは重みのある決定的な調子でこう言った。「同じ国出身の人でした」

ブルック氏にしてみれば、そうであろうとなかろうと別にどうでもよかった。偏見があるわけではない。十七回結婚しようが中国人と子どもをもうけようが、人の勝手だった。だがマダム・ジレンスキーとのこの会話には、どこかおかしな感じがあった。突然に彼は理解した。子どもたちはマダム・ジレンスキーには少しも似ていないのだが、三人はたがいにそっくりで、父親が別々にしてはあまりに似すぎている、そうブルック氏は思った。

だがマダム・ジレンスキーにとっては、その話題は済んでいた。革のジャケットのファスナーを上げると、踵を返した。

「あそこに置いてきたに違いないわ」と、素早く頷いて彼女は言った。「あのフランス人のところに」

音楽学部では物事は順調に行っていた。ブルック氏は去年のように、ハープ奏者の教員が自動車修理工と駆け落ちするなどという厄介な事件にかかずらわうこともなかった。もやもやとひっかかりを覚えたのは、マダム・ジレンスキーのことだけだった。彼女との関係のなにが問題なのか、なぜこんな風に屈折した感情を抱くのか、自分でもわからなかった。そもそも彼女は世界中を旅していたのだから、その会話が遠く離れた場所についての不可解な発言で彩られていても、無理からぬことだ。彼女は何日も、一言も発することなく、ジャケットのポケットに手を突っこんで、物思いに耽りながら廊下をふらついていたりした。かと思えば突然ブルック氏を引きとめ、長大で目まぐるしい独白を始めることもあり、その眼は落ち着かず煌めきを放ち、その声には激しい熱がこもっていた。手あたり次第なんでも話すか、なにも言わないかのどちらかだった。だが彼女が話したエピソードにはどれも例外なく、どこか奇妙で歪曲された響きがあった。サミーを床屋に連れて行くことひとつ話すのでも、バグダッドで過ごした午後について喋っているかのような異国情緒があるのだった。それがなんなのか、ブルック氏にはわからなかった。

　真実は突然にひらめいて、それによってあらゆることが明らかになった。あるいは、少なくとも状況ははっきりした。ブルック氏は早くに帰宅して、居間の暖炉に火を灯した。心地よく安らかな晩だった。長靴下を履いた足で暖炉の前に陣取り、傍らのテーブルにはウィリアム・ブレイクの詩集を置き、アプリコット・ブランデーをグラスに半分注いだ。十時には炎の前で心地よい眠気を覚え、頭のなかはマーラーのくぐもったようなフレーズと、まとまりなく浮かんでくる思考でいっぱいになった。そして突然、この繊細な恍惚状態のなかで、ある言葉が頭に浮かんだ――「フィンランド国王」それには聞き覚えがあったが、どこで聞いたのか思い出せなかった。それから急に閃(ひらめ)いたのだ。その日の午後キャンパスを歩いていると、マダム・ジレンスキーが彼を引きとめて、途方もない長話を始めた。彼はその半分も聞いていなかった。対位法の授業で提出されたカノンの楽譜の山について考えていたのだ。いまやその言葉と彼女の声の抑揚が、ただならぬ正確さで彼のもとによみがえった。マダム・ジレンスキーは最初にこう言ったのだ――「いつだったかしら、お菓子屋(パティスリー)の前に立っていたら、フィンランドの王様が橇(そり)で通りかかったのね」

ブルック氏は椅子のうえで背筋を伸ばすと、ブランデーのグラスを置いた。彼女は病的な嘘つきだったのだ。一晩じゅう仕事をしたとしても、その晩は映画館で過ごしたとわざわざ言ってみせる。オールド・タヴァーンでランチを食べても、家で子どもと昼食をとったと言う。端的に言って病的な嘘つきなのであり、それですべて説明がつく。

ブルック氏は指の関節をぽきぽきと鳴らして、椅子から立ちあがった。とりあえずは腹立たしさが先に立った。来る日も来る日も、厚かましく人のオフィスに座りこんで、とんでもない嘘ばかりまくし立てて！　ブルック氏は激しい怒りに駆られた。部屋を行ったり来たりして、それから簡易台所に行ってサーディンのサンドイッチをこしらえた。

一時間して、暖炉の前に座っているうちに、怒りは学者らしく思慮深い謎の追及へと変化を遂げた。するべきことは、状況全体を客観的に見て、医者が病気の患者を診るようにマダム・ジレンスキーに接することなのだと、彼は自分に言い聞かせた。彼女がついたのは罪のない類の嘘なのだから。こちらを騙す意図があってのことではなかろうし、なんらかの形で自分に有利に働くよう仕組んで嘘を言ったのでもない。腹が立つのはそこだった。嘘の背後に動機もへったくれもなかったのだ。

ブルック氏はブランデーの残りを飲み干した。そして真夜中近くになると、もう少し多くのことがゆっくりとわかってきた。マダム・ジレンスキーが嘘をつくのには痛ましくも単純な理由があったのだ。その一生を通じて、マダム・ジレンスキーはつねに働いてきた――ピアノを弾き、音楽を教え、そしてあの美しく長大な十二もの協奏曲を書いたのだ。昼夜を問わずこつこつと働き、骨折って、仕事に魂をこめて、ほかになにかをする余裕は彼女のなかに残っていなかった。人間として彼女はこの欠如に苛まれ、それを埋め合わせるためにできることをした。一晩を図書館のテーブルの前で過ごしながら、後になってトランプをしていたのだと言ったとして、それはほとんどその両方をやりおおせたのと変わらなかった。嘘をつくことで、彼女は代理的にそぼろの私生活の切れ端を大きく広げてくれた。嘘は仕事の後に残されたちっぽけな彼女の存在を倍増し、ぼろぼろの私生活の切れ端を大きく広げてくれた。

ブルック氏が炎を見つめていると、マダム・ジレンスキーの顔が心に浮かんだ——暗く物憂げな眼と、繊細に抑制された口もとからなる、厳粛な顔。胸に温かみを感じ、憐みの情、守ってあげなければという気持ちや、畏れとないまぜになった理解の念が浮かぶのが自分でもわかった。しばしの間、魅惑的な混乱のただなかに彼はあった。

後になって彼は歯を磨くと、パジャマに着替えた。実際的でなければいけない。わかったことはなんだったか？　あのフランス人に、ポーランド人のピッコロ奏者、バグダッド？　それに子どもたち、シグムンドにボリスにサミー——あの子たちは何者なのか？　結局のところ本当に彼女の子どもたちなのか、単純にどこかからかき集めてきたのだろうか？　ブルック氏は眼鏡の汚れを拭き、ベッドの脇のテーブルに置いた。ただちに彼女のことを理解せねばならない。さもなくば、学部にとっては至極厄介な状況が訪れるだろう。午前二時だった。窓の外を見ると、マダム・ジレンスキーの仕事部屋の明かりはまだついていた。ブルック氏は床につき、闇のなかで顔をしかめ、次の日になんと言ったものか計画を練ろうとした。

午前八時には、ブルック氏はオフィスにいた。身をかがめて机の後ろに座り、廊下を歩いてくるマダム・ジレンスキーを引き入れようと待ち構えていた。それほど待たずとも、ほどなく彼女の足音がしたので、彼はその名を呼んだ。

マダム・ジレンスキーは戸口に立っていた。ぼうっとして疲れきった様子だった。

「お元気? わたしはとてもよく眠れました」と、彼女は言った。

「よかったら、どうぞ座ってください」と、ブルック氏は言った。「お話があるんです」

マダム・ジレンスキーは紙挟みを脇に置くと、彼の向かいの肘かけ椅子に疲れた様子で沈みこんだ。「なにかしら?」と、彼女は尋ねた。

「きのうわたしがキャンパスを歩いていたときに、話しかけてこられたでしょう。」ゆっくりと彼は言った。「それで、もしわたしの記憶が正しければ、菓子屋とフィンランドの国王のことでなにかおっしゃった。そうですね?」

マダム・ジレンスキーは頭を一方向に傾け、なにかを思い出そうとするように窓の下枠の一角を見つめた。

「菓子屋の話でしたね」と彼はくり返した。

彼女の疲れた顔がぱっと明るくなった。「ええ、もちろんですとも」、と彼女は熱をこめて言った。「お話ししたのは、その店の前に立っていたらフィンランド王が来たいんですよ」


マダム・ジレンスキーは完全にぽかんとしていた。それから少しするとまた始めた。

「わたしはビャーネのお菓子屋(パティスリー)の前に立っていて、焼き菓子から眼をあげて振り向いたとたん、フィンランド王がいて——」

「マダム・ジレンスキー、フィンランド王なんていないといま言ったでしょう」

「ヘルシンキの」と、必死になって彼女は話を再開し、王様のくだりまで行ったが、そこでまたブルック氏が割って入った。

「フィンランドは民主制です」と彼は言った。「フィンランド王を見たなんてことはありえません。だからいまあなたが言ったことは、真実ではないんです。まるっきりの偽りです」


そのときのマダム・ジレンスキーの顔を、ブルック氏は二度と忘れることができなかった。その瞳には驚きと、不信と、追いつめられた恐怖があった。自分の内面全体が引き裂かれてばらばらになるのを目の当たりにしている人間のような表情を浮かべていた。

「残念なことですが」と、しんから同情しつつ、ブルック氏は言った。

しかしマダム・ジレンスキーは持ちなおしていた。顎をあげて、冷たく言った。

「わたしはフィンランド人です」

「それについては疑っていません」と、ブルック氏は答えた。よく考えるとそれもやや疑わしい気がした。

「フィンランドで生まれた、フィンランド市民です」

「そうでしょうとも」と、ブルック氏は声を荒らげた。

「戦争中は」と、激しい口調で彼女は続けた。「バイクに乗って伝令係をしてたんですからね」

「愛国心はこのことには関係がありません」

「わたしがこの国に市民権申請書類を出そうとしてるからって――」

「マダム・ジレンスキー！」とブルック氏は言った。机の両端を手で摑んだ。「そういうことが問題なんじゃないんです。問題はあなたが見たと主張し、証言していることと――あなたが見たところの――」しかしそれ以上続けることが彼にはできなかった。

彼女の顔を見て、言い淀んだのだ。ひどく青ざめて、口のまわりに陰が差していた。眼は見開かれ、破滅を運命づけられ、しかし誇りに満ちていた。ブルック氏は突然、自分が殺人者であるかのように思えてきた。大きな感情の波——理解と、良心の呵責と、非理性的な愛——に襲われて、手で顔を覆った。この内心の動揺がおさまるまで彼は口がきけず、それから力なくこう言った。「ええ、もちろんです。フィンランド国王ですね。素敵な人でしたか？」

一時間後、ブルック氏はオフィスに座って窓の外を見つめていた。静かなウェストブリッジ通りの街路樹はほとんどの葉が落ちて、大学の灰色の建物には落ち着いた悲しげな雰囲気があった。見慣れた光景をつれづれに眺めていると、ドレイク家の年とったエアデール・テリアがよろよろと通りを行くのが見えた。それまで何度となく見てきたものなのに、なにがそんなに不思議に見えたのだろう。そこで冷え冷えとした驚きのような感情とともに気がついた。老犬は後ろ向きに進んでいたのだ。エアデールが視界から消え去るまでブルック氏は見つめていて、それから対位法の授業で提出されたカノンの課題の採点に取りかかった。

渡り者

眠りと覚醒のぼんやりとした境界線は今朝、ローマにあった。水しぶきをあげる噴水と、アーチのついた細い通り、花々と経年変化した石でできた、黄金色に輝く豊饒な都市。ときにこのような半覚醒状態で、彼はふたたびパリに、あるいは戦時下のドイツの瓦礫（がれき）のなかに寄留し、スイスでスキーをしたり、雪に包まれたホテルで過ごしたりした。またあるときには、夜明けの狩りの時間帯に、ジョージア州の休閑地にいた。

ジョン・フェリスはニューヨークのホテルの一室で目を覚ました。なにかはわからないが、よからぬことが自分を待ち受けている、そんな予感があった。その予感は、まだ朝にしなくてはいけないあれこれに紛れ、彼が服を着て階下に降りた後ですら、漂っていた。雲ひとつない秋晴れの日で、青白い太陽が淡い色調の高層建築の合間を縫って射しこんだ。フェリスは隣のドラッグストアに行き、奥手の舗道に面した窓際のブースに腰かけた。スクランブルエッグとソーセージつきのアメリカン・ブレックファストを注文した。

フェリスはジョージアの故郷の町で行われた父の葬儀に出席するために、一週間前にパリからやって来ていた。死の衝撃とともに、若い日はすでに過ぎ去ったのだという自覚が生まれた。髪は薄くなり、いまや露出したこめかみに浮かぶ血管は目立って脈打ち、腹が出はじめたのをのぞけば、体は痩せていた。フェリスは父を愛していたし、かつてふたりの絆はこのうえなく強いものだった——だが年月とともに、こうした子としての献身は綻（ほころ）んでいった。父が亡くなることはずっと前から予期していたが、それでも実際に起きたときは思いがけず狼狽（ろうばい）した。できるだけ長く郷里の母親と兄弟たちのそばにいた。パリ行きの飛行機はあくる日の朝に発（た）つ予定だった。

フェリスはアドレス帳を取りだして電話番号を確かめた。ページを繰るごとに注意が増していった。ニューヨークやヨーロッパの首都に住む人びとの名前と住所。文字のぼやけた、南部の故郷の州のものもいくつかあった。かすれたブロック体で書かれた名前に、酔って無造作に記した名前。ベティ・ウィリス。何となく付き合っていた人物。もう結婚しているはず。チャーリー・ウィリアムズ。ヒュルトゲンの森（ベルギー国境にある、第二次世界大戦末期の米独戦の戦地）で負傷し、それきり消息を聞かない。ウィリアムズ大長老——まだ生きているのだったか、亡くなったのだったか。ドン・ウォーカー。荒稼ぎしているテレビ界の大物。ヘンリー・グリーン。戦後に落ちぶれて、いまは療養所暮らしだと聞く。コージー・ホール。彼女は死んだと聞いた。無頓着に笑い声をあげるコージー——あのおばかさんですら死んでしまうなんて、奇妙なことだ。アドレス帳を閉じながら、フェリスはなにもかもが偶然で刹那（せつな）的であるような、ほとんど恐怖に近い感覚を抱いた。

　そのとき突然に、彼は身体をひきつらせた。窓の外の舗道を見ていると、通りすぎていくのは彼の前妻だったのだ。エリザベスは彼のすぐ近くを、ゆっくりと歩いていた。心臓がばくばくと高鳴るのも、続いてやけっぱちではあるが清々とした気持ちを抱いたのも、どういうことなのかわからなかった。その気持ちは彼女が去った後も残っていた。

　素早く支払いを済ませると、フェリスは舗道に飛びだした。エリザベスは五番街の大通りを渡ろうと交差点の角に立って待っていた。話しかけようと急いで近づいたが、追いつく前に信号が変わり、彼女は通りを渡っていった。フェリスはその後を追った。通りの反対側で追いつこうと思えば簡単にできたが、なぜかぐずぐずしてしまった。

明るい茶色の髪は無造作に巻いてあって、彼女を見ていると、エリザベスは「綺麗な身のこなし」をしているといつか父が言ったのを思い出した。彼女は次の角を曲がり、フェリスは後をついていったが、もう追いつこうとは思っていなかった。エリザベスを見たとたんに身体が揺さぶられ、手に汗をかき心臓が激しく脈打ったのはどういうことだろうと、彼は思った。

フェリスがかつての妻に最後に会ったのは八年前のことだった。ずいぶん前に、彼女が再婚したことを知った。子どももいた。近年ではめったに彼女のことは頭に浮かばなかった。だが離婚直後は、喪失感で壊れてしまいそうだった。時間がそれを癒してくれて、ふたたび人を愛せるようになり、それからまた別の相手も現れた。いま付き合っているのは、ジャニーヌだった。前妻に対する愛が過去のものになったのは間違いなかった。それなのになぜ、身体がばらばらになり、心がかき乱されるのか。わかっているのは、彼の心に重く垂れこめるものとは奇妙なほど裏腹に、晴れて一点の曇りもない秋の日がそこにあるということだけだった。フェリスはやにわに踵を返すと、大股で、ほとんど走るようにして、ホテルへ戻っていった。

まだ十一時にもならないのに、酒を一杯注いだ。疲れきったように肘かけ椅子に身体を投げだし、バーボンの水割りのグラスをちびちび飲んだ。明朝パリに発つので、今日はこれからやることが満載だった。やるべきことを確認してみた。エールフランスに荷物を持っていく。上司とランチをする。靴とコートを買う。それからなんだったか——なにかほかにもあった気がする。

衝動的に、彼は前妻に電話することにした。酒を飲み終えると、電話帳を開いた。自問自答が始まる前に電話をかけてしまった。夫のベイリーの名で番号が載っていて、クリスマスの時期には、彼とエリザベスはカードを送り合ったし、結婚式の知らせをきいたときには、フェリスはカービングナイフとフォークのセットを贈った。電話をかけない理由というのもこれといってないように思えた。だが呼び出し音を聞きながら待っているうちに、不安でやきもきしてきた。

エリザベスが電話に出た。耳慣れた彼女の声が聞こえて、生々しい衝撃を覚えた。名前を二度名乗らないといけなかったが、彼が誰だかわかると、彼女は嬉しそうだった。町にいるのは今日だけなのだと、彼は伝えた。劇場に行く約束があるのだけど、と言いながらも、早めの夕飯に来られないかしら、と彼女は尋ねた。喜んで、とフェリスは答えた。

ひとつ、またひとつと用事を済ませるごとに、なにか大事なことを忘れているのではないかと感じた奇妙な瞬間を思い出して、いまだにもやもやした。午後遅くにフェリスは風呂に入って服を着替え、しばしばジャニーヌのことが頭に浮かんだ。明晩には彼女に会うはずだ。「ジャニーヌ」と、彼は言うだろう。「ニューヨークで前の妻とばったり出くわしてね、夕飯を食べたんだ。もちろん彼女の夫も一緒さ。ものすごく久しぶりに会ったんで、変な感じだったよ」

エリザベスは東五十番街に住んでいて、フェリスがタクシーで北上するときにはまだ夕陽が差していたが、目的地に着いたときにはすでに秋の晩が訪れていた。入口に庇（ひさし）があってドアマンがいる建物で、彼女たちの住居は七階にあった。

「フェリスさん、どうぞ」

エリザベスか、あるいは想像してみたこともないその夫が出迎えるのだろうと予想していたところに、そばかす顔の赤毛の子どもが現れて、フェリスは仰天した。子どもたちがいることは知っていたが、なぜか頭のなかでその存在を認識すらできていなかったのだ。驚いた彼はぎこちなく後ずさりをした。

「ここが僕たちの家です」と、丁寧な口調でその子は言った。「フェリスさんでしょう？　ぼくはビリーです。入ってください」

廊下の向こうの居間には夫がいて、また驚いた。感情的なレベルでは夫のことも認識していなかったのだ。ベイリーはずんぐりした赤毛の男で、その動作にはもって回ったようなところがあった。彼は立ち上がると握手で迎え入れた。

「ビル・ベイリーです。お会いできてなによりです。エリザベスはすぐ来ます。もうすぐ着替えが終わるところで」

最後の言葉で、過ぎ去った日々の感情や記憶がめくるめくようによみがえった。ほの白い肌のエリザベス。入浴前の、薔薇色に上気した一糸まとわぬ姿。ろくに身づくろいもせずに、化粧台の前で美しい栗色の髪を梳かす彼女。疑いなく備わった、甘やかで気安い親密さと、柔肌の愛らしさ。フェリスは思いがけず戻ってきた記憶を振り払うと、あえてビル・ベイリーと目を合わせた。

「ビリー、飲み物の載ったお盆をキッチンのテーブルから持ってきてくれるかい？」

子どもはすぐに言いつけに従い、彼が行ってしまうとフェリスはくだけた感じで言った。

「立派な男の子じゃないですか」

「自慢の子です」

子どもがグラスとマティーニのカクテルシェーカーを持って戻るまでは、沈黙が立ちこめた。食前酒のおかげで会話が弾んだ。ロシアについて、ニューヨークの人工降雨について、マンハッタンやパリのアパート事情について、彼らは話した。

「フェリスさんは明日、海のうえをはるばる飛んでいくんだよ」ベイリーは、椅子の肘に静かに行儀よく腰かけている少年にそう言った。「スーツケースにこっそり隠れてついて行きたいんじゃないのかい」

ビリーはしなやかな前髪をかき上げて言った。「僕は飛行機で空を飛んでみたいし、フェリスさんみたいに新聞記者になりたい」そうして突然確信したようにつけ加えた。「それが僕の将来の夢なんです」

ベイリーは言った。「医者になりたいんじゃなかったのかい」

「なりたいよ！」とビリーは言った。「どっちもなりたいんだ。原爆科学者にもなりたい」

エリザベスが女の子の赤ちゃんを抱いて入ってきた。

「まあ、ジョン！」彼女は言った。彼女は父親の膝に赤ん坊をそっと置いた。「会えて嬉しいわ。来てくれて本当によかった」

小さな女の子はおとなしくベイリーの膝のうえに座っていた。着ている淡いピンク色のクレープ地のつなぎには、身ごろのあたりにギャザーと薔薇飾りがついていて、明るい色の柔らかくカールした髪には、同じ色のシルクのヘアリボンが結ばれていた。肌は日焼けしたような夏色で、茶色の眼には微かに金色と笑みがちりばめられていた。

父親の鼈甲眼鏡に手を伸ばして触れると、ベイリーはそれを外して、少しだけ眼鏡越しの景色を彼女に見せた。「ぼくのキャンディは元気かな？」

エリザベスはとても美しかった。自分といたころよりずっと美しく見えた。まっすぐの綺麗な髪は煌めきを放っていた。顔は柔らかさを増し、透き通って輝いていた。家庭の雰囲気が醸しだす、聖母のような愛らしさがあった。

「ほとんど昔のままね」と、エリザベスは言った。「それにしても久しぶり」

「八年ぶりだ」さらに挨拶の言葉を交わしながら、彼の手は半ば意識的に薄くなった髪に触れた。

フェリスは突然、自分が観察者になったような気がした――ベイリー家に紛れこんだ侵入者だ。なぜ来てしまったんだろう？　彼は気に病んだ。自分の人生はとても孤独で、年月を経て破損が進むなかでなにも支えはしない脆い柱のように思えた。これ以上家族の部屋にいるのは耐えられないと思った。

彼は時計を見て言った。「劇場に行くんだろう？」

「残念だけど」とエリザベスは言った。「ひと月以上前から決まっていたことだから。でもね、ジョン、きっとすぐにまたうちに来てね。国外在住者になんかならないわよね？」

「国外在住者か」と、フェリスはくり返した。「あまり好きな言葉じゃないね」

「もっといい言い方はないの？」彼女は尋ねた。

少し考えて彼はこう言った。「渡り者、がいいかな」

フェリスはまた時計を見て、エリザベスはまた謝った。「前もってわかっていたら――」

「町にいるのがこの日しかなかったんだ。予定外の帰国だった。先週パパが亡くなってね」

「パパ・フェリスが亡くなったの？」

「そうなんだ、ジョンズ・ホプキンス病院でね。病気でもう一年ばかり入院してた。葬式はジョージアで挙げたよ」

「ああ、すごく気の毒に、ジョン。パパ・フェリスはいつだってあたしのお気に入りのひとりだった」

少年は椅子のうしろから移動してきて、母親の顔を覗きこんだ。彼は聞いた。「誰が死んだの？」

少年が懸念を覚えていることもフェリスにはわからなくなっていた。彼は父の死について考えていた。棺桶のなかのシルク地のキルトのうえに伸びた遺体を思い出した。

顔には不自然に紅が差され、弔いの薔薇が広げられたそのうえに、見慣れた手が重々しく組んであった。追憶から我に返ると、フェリスにはエリザベスの穏やかな声が聞こえた。

「フェリスさんのお父さんよ、ビリー。すごく立派な人だったの。あなたは会ったことがないけど」

「だけどどうしてその人のこと、パパ・フェリスって呼んだの？」

ベイリーとエリザベスは追いこまれたかのように視線を交わした。問いつめる子どもに答えたのはベイリーだった。「母さんとフェリスさんは昔結婚してたことがあったんだよ。おまえが生まれる前――ずっと前のことだ」

「フェリスさんと？」

少年は驚き、信じられないようにフェリスを見つめた。そして彼を見返すフェリスの眼にも、なぜか不信感が浮かんでいた。本当にかつてこの赤の他人をエリザベスと呼び、愛を交わした晩にはかわいいあひるさんと呼ぶようなことがあったのだろうか。同じ家に暮らし、千もの昼と夜をともに過ごして、そして――最後には――突然の孤独の惨めさのなかで、結婚の愛という織物が、その繊維のひとつひとつまで（嫉妬やアルコールや金銭のもめごととともに）ばらばらに解けていくのに耐えたなんてことが、あったのだろうか。

ベイリーは子どもたちに言った。「だれかさんのご飯の時間だぞ！　さあさあ」

「でもダディ！　ママとフェリスさんは——ぼくは——」

ビリーがじっとこちらに向ける視線——混乱とおぼろげな敵意に彩られていた——は、ジャニーヌの小さな息子のまなざしを思い出させた。陰のある小さな顔をして、骨ばった膝小僧の目立つその七歳の少年を、フェリスは避けているどころか、多くの場合存在すら忘れていた。

「ただちに行進！」ベイリーはそっとビリーをドアの方へ促した。「おやすみを言っていきなさい」

「おやすみなさい、フェリスさん」腹立ちまぎれに少年は言った。「ケーキを食べるまで起きてるつもりだったのに」

「また後でケーキを食べにおいで」エリザベスが言った。「いまはダディとご飯を食べに行って」

フェリスとエリザベスはふたりきりだった。最初のうちはどちらも押し黙っていて、状況の重大さがのしかかってくるようだった。フェリスは飲み物をもう一杯所望し、エリザベスが彼の脇にカクテルシェーカーを置いた。彼はグランドピアノを見やり、台に楽譜が載せてあるのに気づいた。

「いまでも昔みたいに上手に弾くのかい」

「楽しんで弾いてはいるわ」

「弾いてくれないか、エリザベス」

　エリザベスはすぐに立ち上がった。頼まれればいつでも喜んで演奏してくれるのが、彼女の美点のひとつだった。ためらったり言い訳をつけて断ったりしなかった。ピアノに近づいていく彼女は、ほっとしてやる気がいや増したようでもあった。

　彼女はバッハの前奏曲とフーガから弾きはじめた。前奏曲は、朝の室内に反射するプリズムのように、明るい輝きを放った。フーガの第一声部は、純粋で孤高の告知のような響きをもち、第二声部と入り混じりながら反復され、さらに発展部分で再度繰り返されて複数の音楽となり、水平的で荘厳で、ゆったりとした壮麗さに満ちていた。主要なメロディにほかのふたつの声部が織りこまれ、数えきれない着想で装飾されていた――支配的になったと思えばまたほかの音に溶けこみ、全体に身を委ねることをおそれない単一の存在がもつ崇高さがそこにはあった。結末部にかけて、各要素の濃密さが集約されて、最初の支配的モチーフが最後の豊かな主調音となり、和音化された最終主題の提示をもってフーガは終わりを迎えた。フェリスは椅子の背で頭を休めながら目を閉じた。沈黙がつづくなかで、澄んだ高い声が廊下から部屋まで届いた。

「ダディ、どうやったらママとフェリスさんが――」ドアが閉まる音がした。

ピアノがふたたびはじまった――これはなんという曲だったろう？　特定できないながらも聞き覚えのある清らかなメロディは、彼の心のなかに長いこと眠っていたものだ。いまやそれはふたたび、別の時間、別の場所について彼に語りかけた――曲はかつてエリザベスが弾いていたものだった。繊細な空気が、果てしない記憶を呼び覚ました。過去の切望や、対立や、矛盾しあう欲望がほとばしるなか、フェリスは自分を見失った。荒れ狂うこの無秩序状態の触媒となった音楽が、こんなにも荘厳で愛しいものであることが奇妙だった。流れるメロディは、メイドの出現によって断ち切られた。

「ベイリーの奥さま、夕食の準備ができてございます」

食卓でホストとその妻の間の席についてからも、途中で止まった音楽が彼の気分を暗くした。少しばかり酔っていた。

「人生なんて即興でしかない（*L'improvisation de la vie humaine*）」と、彼は言った。

「終わっていない歌ほど、人間存在の即興性に気づかせてくれるものはないね。あるいは、古いアドレス帳ほど」

「アドレス帳？」と、ベイリーがくり返した。そして当たり障りない丁寧さで、それ以上のことは聞かなかった。

「あなたって、本当に変わらないのね、ジョニー」エリザベスが、かつてのやさしさが微かに残る口ぶりで言った。

　その晩の夕食は南部料理で、彼が昔から好きなものばかりだった。フライドチキンとコーンプディングと、濃厚に砂糖で照りを出したサツマイモを食べた。食事中に沈黙が長びくと、エリザベスが会話を盛り立てた。そうして、フェリスがジャニーヌの話をするよう促されることになった。

「去年の秋ジャニーヌと知り合った――ちょうど去年の今ごろだったな――イタリアでね。彼女は歌手で、仕事でローマに来ていたんだ。もうすぐぼくたちは結婚するつもりだ」

　その言葉はいかにも真実味があり避けがたいことのように聞こえたので、はじめはフェリス自身にも嘘だとは思えないほどだった。その年一度たりとも、彼とジャニーヌが結婚の話をしたことはなかった。そして第一、彼女はまだ既婚だった――相手はパリに住む白ロシアの両替商で、五年前から別居中だった。だが嘘だと打ち明けるには遅すぎた。すでにエリザベスはこう言っていた。「それを聞いて本当に嬉しいわ。

おめでとう、ジョニー」

彼は真実を交えて埋め合わせようとした。「ローマの秋はとても美しいんだ。うららかで花盛りで」彼はこうつけ加えた。「ジャニーヌには六歳の男の子がいる。三カ国語を話す面白い子だ。ときどきチュイルリー宮殿に一緒に行くことがある」

それも嘘だった。宮殿の大庭園に少年を連れて行ったのは一度きりだ。半ズボンを穿（は）いてひょろ長い脚をむき出しにした血色の悪い外国人の子どもは、コンクリート池でボートに乗り、ポニーに乗った。彼は人形劇を見たがった。だがフェリスはスクリーブ・ホテルで約束があったので、その時間はなかった。人形劇（ギニョール）はまた別の日の午後に見に来よう、と彼は約束した。ヴァレンティンをチュイルリーに連れて行ったのは、そのときだけだった。

辺りがざわめいた。メイドが白いアイシングにピンクの蠟燭（ろうそく）を立てたケーキを持ってきた。子どもたちが寝間着を着て入ってきた。フェリスにはまだ理解できなかった。

「お誕生日おめでとう、ジョン」と、エリザベスが言った。「蠟燭を消して」

フェリスは自分の誕生日の日づけを思い出した。蠟燭はなかなか消えず、蠟が溶ける匂いがしていた。フェリスは三十八歳になった。こめかみの血管が暗く染まり、眼に見えるほど脈打っていた。

「もう劇場に行く時間だろう」

フェリスは、誕生日の夕食を用意してくれた礼をエリザベスに言って、タイミングよく暇(いとま)を告げた。家族全員が戸口で彼を見送った。

鋭くそびえる暗い高層建築のうえに、空高く細い月が輝いていた。街路は風が強く、寒かった。フェリスは三番街まで急いで戻り、タクシーを拾った。出発と、おそらくは別れに際した意識的な注意深さをもって、彼は夜の町を見つめた。独りぼっちだった。早く飛行機の時間が来て旅がはじまればいいのに、と彼は思った。

次の日飛行機のなかから、太陽に照らされた、おもちゃのような精密な都市を彼は見下ろした。それからアメリカを後にして、残るは大西洋と遠く離れたヨーロッパの海岸だけになった。海は乳白色で、雲の下で穏やかに見えた。フェリスはその日のほとんどをうとうとして過ごした。闇が迫るなか、エリザベスと、前夜彼女を訪ねたことについて考えていた。募りくる穏やかな羨望と、説明しがたい後悔とともに、彼は家族に囲まれたエリザベスを思った。自分をかくも強く揺り動かしたメロディと、終わりかけたままの空気を追い求めた。最後の和音と、いくらかの無関係な音色だけが残されていた。メロディそのものはすり抜けて行った。代わりに見つかったのは、エリザベスが弾いたフーガの第一声部だった――あざ笑うように反転され、短調になって聞こえてきた。大洋のうえで宙づりにされ、流動性や孤独についての不安にはもはや脅かされなくなったころ、彼は落ち着いて父の死について考えた。夕食時に、飛行機はフランスの海岸に達した。

真夜中にはフェリスはタクシーに乗ってパリを横断した。曇り空の晩で、コンコルド広場の明かりに霧がかかっていた。濡れた舗道に深夜のビストロが煌めいた。海を越えるフライトの後はいつもそうだが、あまりに突然に別の大陸に来てしまったような感じがした。今朝はニューヨークにいたのに、同じ日の真夜中にはパリにいる。フェリスはつかの間、自分の人生の無秩序さを見たように思った。ひとつの都市から別の都市へ、愛も生まれては消えていく。そして時間だけが残る。年月の不吉なグリッサンド（鍵盤のうえで指を素早く滑らせる奏法）としての、時間だけが。

「早く、早く！（*Vite! Vite!*）」恐怖にとらわれて彼は言った。「急いでくれ（*Dépêchez-vous*）」

ヴァレンティンがドアを開けた。少年はパジャマを着て、ちんちくりんの赤いローブを羽織っていた。灰色の瞳が目元に陰をつくり、フラットのなかをフェリスが進む間、時折ちらちらと煌めいた。

「ママを待ってるの（*J'attends Maman*）」

ジャニーヌはナイトクラブで歌っていた。あと一時間は帰らないだろう。ヴァレンティンは絵を描いていたのを再開し、クレヨンを手に床に置いた紙のうえにかがみこんだ――バンジョー弾きと、音符や波線が入った漫画の吹き出しが描いてあった。

「チュイルリーにまた行こう」

子どもが見あげると、フェリスは彼を膝のあたりまで抱き寄せた。エリザベスが弾いたメロディと、終わらなかった音楽が、突然彼のもとによみがえった。探し求めていたわけではないのに、記憶の積み荷が投げ降ろされた――今度は、気づきと突然の喜びだけを伴って。

「ムッシュー・ジャン」と子どもが言った。「あの人に会った？」

混乱して、フェリスはもうひとりの子どものことを思った――そばかす顔の、家族に愛された男の子を。「だれのことだい、ヴァレンティン？」

「ジョージアの死んだお父さん」と、子どもは言い足した。「お父さん、大丈夫だった？」

フェリスは突然気が急いたように言った。「チュイルリーにもっとしょっちゅう行こうな。ポニーに乗って、人形劇を見に行こう。人形劇も見られるし、もう急がなくていいし」

「ムッシュー・ジャン」ヴァレンティンは言った。「人形劇場はもう閉まっちゃったよ」

またしても、無駄にした年月と死を意識して、恐怖に襲われた。鋭敏で堂々としたヴァレンティンは、まだ彼の腕のなかにいた。彼の頬がその柔らかい頬に触れ、繊細なまつ毛がかすするのを感じた。内心やけっぱちになって、彼は子どもをきつく抱きしめた——まるで、彼の愛ほど移ろいやすい感情であっても、刻一刻と過ぎゆく時間に打ち勝てるかのように。

そういうことなら（ライク・ザット）

あねきはあたしより五つ年上で十八歳だけど、だいたいの姉妹にくらべたら、あたしたちはいつだって仲よしで、一緒に楽しく過ごしてたほうだ。自分たちだけじゃなくて、あにきのダンもそうだった。夏になるとみんなで泳ぎにいった。冬の夜には居間の暖炉の前に座って、はした金を賭けてトランプで三人用のブリッジかミシガンをやったものだった。あたしたち三人ほど楽しくやれるきょうだいなんていないって感じだった。いまみたいになるまでは、いつだってそうだったんだ。

あねきがあたしに合わせて幼くふるまってたっていうんでもない。頭がよくて、あたしが知ってる誰よりも、たぶん教師たちよりもたくさん本を読んでた。だけど高校でも、しゃなしゃな気取って女の子らと車に乗って、男の子らを拾って、ドラッグストアの脇に車を停めて、とかいうのは全然好きじゃなかった。本を読んでないときはダンやあたしと遊んでるほうがよかったんだな。冷蔵庫のチョコバーがなくなったと言って騒ぎ立てたり、クリスマスイブには躍起になって夜通し起きていようとしたりする程度には、子どもだったたってこと。ある意味あたしのほうがずっと大人なところもあった。去年の夏タックが顔を出すようになってからだって、ダウンタウンに行くかもしれないのにガキっぽいアンクルソックスなんか履いてちゃだめだとか、ほかの子たちみたいに鼻のつけ根のあたりは眉毛を抜いて整えなきゃとか、あたしが教えてあげなきゃいけないときもあったんだから。

あと一年してつぎの六月がきたら、タックは大学を卒業する。手足がひょろ長くて真面目な顔をした男だ。大学の成績がすごくいいから、奨学金をもらってて学費はタダらしい。去年の夏にあねきに会いにくるようになった。ぱりっとした白のリネンのスーツを着て、都合がつけば親の車を借りて迎えにくることもあった。去年もよく姿を見せたけど、今年はそれにもましてしょっちゅう訪ねてくるようになった――町を出る前なんて、毎晩あねきに会いに来てたんだ。タックはまあ、けっこういいやつだって思う。

そのときは気づいてなかったけど、ちょっと前からあねきとあたしはぎくしゃくしてたみたいだ。この夏のある晩の出来事があって、きっといまのあたしたちみたいではいられなくなるんだろうなと思うようになった。

その晩目を覚ますと、夜ふけだった。目を開けたときに一瞬もう夜明けなのかと思って、ベッドのあねき側が空っぽなのに気づいて不安になった。でも窓の外には冷たくて白い月明かりがあるだけで、前庭にしだれかかる樫の木の葉が真っ黒で一枚一枚くっきりして見えた。九月一日ごろだったけど、月明かりを見ていて暑いとは感じなかった。シーツを体に引き寄せて、部屋の家具のかたちが暗く浮かび上がるのを目で追った。

この夏は夜中に目が覚めることがよくあった。あねきとあたしはいつもこの部屋をふたりで使っていて、あねきが入ってきて電気をつけて、寝間着かなにかを取ろうとすると、たいてい目が覚めるのだった。あたしはそれが気に入っていた。学校は夏休みで、朝早く起きなくてもよかったからだ。寝そべったまま長いことおしゃべりしていた。あねきがタックと行った場所のことを聞くのは楽しかったし、いろんなことで笑い転げた。その晩までは、あたしが自分と同じくらいの年みたいな感じで、タックのことで込み入った話をしてくれることも多かった――タックが電話してきたときにこんなことやあんなことを言えばよかったと思うかとあたしに聞いて、その後でハグしてくれたりするのだった。あねきはタックにめろめろだった。いつだかこんな風に言ったことがある。「あの人ってほんとに素敵……あんな人に出会うなんて思ってもみなかったな……」

あにきについて話すこともあった。ダンは十七歳で、秋には技術大の職業訓練コースを受講することにしていた。この夏までにダンはすっかり成長していた。ある晩なんて、朝四時に帰ってきて酔っ払っていたこともあった。父さんはつぎの週になってもそのことに腹を立てていた。それでダンは田舎に出かけて何日か男友だちとキャンプをして過ごした。以前だったらディーゼル自動車がどうしたとか南米に行きたいとか、あねきやあたしに話してくれたのに、この夏は言葉すくなで、家族のだれともあまり話さなかった。ダンは背高のっぽで、棒きれみたいに細かった。いまや顔ににきびもできて、ぶかっこうであか抜けない感じだ。ときどき夜になるとひとりきりで外をうろつき、市境の標識を越えて松林に忍び込んだりしてるのを、あたしは知ってる。

そんなことを考えながらベッドで横になっているうちにふと、いまは何時であねきはいつになったら部屋に戻るんだろうと思った。その晩あねきとダンが出かけた後、あたしは近所の子たちと街角に出て、街灯に石を投げてそこに止まっているコウモリを殺そうとした。はじめは気持ち悪くて、ドラキュラに出てくるみたいな小さめのコウモリなんだろうと思っていた。実際に見てみたらまるで蛾みたいで、殺しても殺さなくてもどうでもよくなった。曲がり角のところに腰かけて、埃っぽい道路に棒きれで落書きしていると、あねきとタックが車に乗ってゆっくりとやってきた。あねきはタックにぴたりと身を寄せて座っていた。ふたりとも口もきかず、微笑んでもいなかった。通りすぎるふたりに気づいたあたしは大声で呼んだ。「おーい、あねき!」と、あたしは叫んだ。

　車はそのままゆっくりと行ってしまい、ふたりからの返事はなかった。ほかの子どもらがいるなかで道の真ん中につっ立っているのが、なんだかあほらしくなってきた。

　道向こうに住んでるあの憎たらしいちび助のババーが近づいてきて言った。「あれ、おまえの姉ちゃんだろ?」

　そうだけど、とあたしは答えた。

「彼氏にべったりくっついちゃってなあ」

　あたしは無性に腹が立つことがときどきあるんだけど、そのときもそうで、さっと身構えると手に持っていた石を全部、やつ目がけて投げつけてやった。ババーはあたしより三つ年下なのでこういうのは褒められたことじゃなかったけど、もとからあいつには我慢ならないうえに、あねきについてすごく気の利いたことを言ったつもりでいるのが癪にさわった。やつが首のところを押さえてぎゃあぎゃあ言いだしたので、あたしはみんなを置いてその場を離れ、家に帰って寝る準備をした。

目が覚めてやっとあねきのことを考えだしたけど、頭の隅にはまだ憎たらしいババー・デイヴィスがいて、ちょうどそのとき通りをやってくる車の音が聞こえた。あたしたちの部屋は小さい前庭に面していてそのすぐ向こうに通りがある。歩道や車道で起きてることはなんでも部屋から見聞きすることができた。車は徐行しながらうちの歩道に入ってきて、少しずつ白い光が部屋の壁を照らしだした。光はあねきの勉強机のあたりで止まって、そこに置いてある本や半分残ったチューインガムの包みを照らしていた。そして部屋が暗くなり、外には月明かりだけになった。

車のドアは開かなかったけど、ふたりの話し声は聞こえた。いや、話してたのはタックだけだ。低い声でなにを言っているのかよくわからなかったけど、なにかをくり返し説明してるみたいだった。あねきはなにも言わなかった。

車のドアが開いたとき、あたしはまだ起きていた。「降りなくていいから」と、あねきが言うのが聞こえた。そこでドアがばたんと閉まって、歩道を進むあねきの靴音が響いた。速くて軽くて、走ってるみたいな音。

部屋の外の廊下で、ママがあねきを出迎えた。玄関のドアが閉まるのを聞いたんだろう。ママはいつもあねきとダンが帰ってくるのを耳をそばだてて聞いていて、ふたりが戻るまではぜったい寝ずに待ってる。ときどき思うんだけど、どうやったら何時間も目を覚ましたまま暗がりで横になっていられるんだろう。

「一時半よ、マリアン」と、ママが言った。「もっと早く帰らないと」

　あねきは何も言わなかった。

「楽しかった？」

　いかにもママって感じだ。肉づきのいい身体に羽織ったガウンから血管の浮き出た生気のない青白い脚を出して、どうにもしどけない感じで立ってる姿が目に浮かぶ。どこかに行こうと着飾ってるときのほうが、ママはちゃんとして見える。

「うん、すごく楽しかった」と、あねきは言った。どうも声がおかしかった――学校の体育館に置いてあるピアノみたいに、かん高くて耳にきんきん響く感じだ。変なの。ママはほかにもあれこれ聞いていた。どこに行ったの？　だれか知ってる人に会った？　とかなんとか。いかにもママって感じ。

「おやすみなさい」と、調子っぱずれの声であねきが言った。

　あねきは部屋のドアをぱっと開けてすぐ閉じた。あたしは自分がまだ起きてるのを知らせようと思ったけど、やっぱり気が変わった。闇のなかであねきはこっちに聞こえるほど息を荒立てていたけど、一歩たりとも動かなかった。数分して、クローゼットから手探りで寝間着を取りだすと、あねきはベッドに入ってきた。泣いてるのが聞こえた。

「タックと喧嘩したの?」と、あたしは聞いた。

「ううん」と、あねきは答えた。それから気が変わったようにこう言った。「そうなの。ひどい喧嘩」

しんからぞっとすることがあるとしたら、だれかが泣くのを聞くときだ。「あたしだったら気にしないな。明日になれば仲直りするよ」

月明かりが窓辺を照らして、あねきが顎(あご)を左右に動かしながら天井を見つめているのが見えた。長いことそうしているのを見ていた。月明かりはひんやりとして、湿った風が窓から入ってくるのが涼しかった。ときどきそうするように、あたしはあねきにくっつこうとして身体を寄せた。そうすれば顎をぎしぎし言わせるのを止めて泣きやんでくれるんじゃないかと思ったのだ。

あねきは身体じゅう震えていた。あたしが身を寄せると、つねられたかどうかしたみたいに飛び上がって、ばっと押しのけて脚を蹴とばしてきた。「やめて」と、あねきは言った。「やめて」

このひと急にいかれちゃったのかな、とあたしは思っていた。あねきはゆっくりと、でも激しく泣いていた。なんだか怖くなって、ちょっとトイレに行こうと起き上がった。トイレにいる間に、窓の外、街灯のある曲がり角のあたりに目をやった。そのとき見えたものを、あねきは知りたがるだろうと思った。

「あのさ」と、ベッドに戻ってあたしは言った。

「タックの車が街灯の脇に停まってる。角のところに寄せてあるよ。荷台と後ろのタイヤふたつ見えたからわかったんだ。トイレの窓から見えた」

あねきはぴくりともしなかった。

「あそこにずっと座ってるんじゃないかな。なんで喧嘩したの？」

なんの返事もない。

「姿は見えなかったけど、街灯の下に車を停めて座ってるんじゃないかな。たぶん」

まるであねきは、どうでもいいと思っているか、はじめからわかってるみたいだった。できるだけベッドの端っこに寄って、脚をぴんと伸ばし、手でベッドの端をぎゅっとつかんで、腕に顔をもたせかけていた。

昔のあねきはいつもベッドのあたしの側まで手足を広げて寝ていたから、暑いときは押しのけなきゃならなかったし、電気をつけて、ベッドの真ん中に線を引いて見せて、すごくあたしの側に寄ってることを教えてあげないといけないくらいだった。今夜は線なんか引く必要もないな、とあたしは思っていた。ひどい気分だった。もう一度眠りに落ちるまで、ずっと窓の外の月明かりを見つめていた。

つぎの日は日曜で、叔母さんの何周忌かの日でもあったから、ママとパパは教会に出かけた。あねきは具合がよくないと言って、ベッドから起きてこなかった。ダンはどこかに行ってしまって、あたしはひとりきりだったので、当然のごとくあねきのいる部屋に戻った。あねきは枕みたいに青白い顔色をして、目の下にくまをこさえていた。なにか噛みしめているみたいに、あごの片側の筋肉がぴくぴくしていた。髪も梳かしてなくて、枕にしだれかかる赤毛はつやがあって、乱れていたけどきれいだった。顔に本をくっつけて読んでいた。あたしが入っていっても目線ひとつ動かさなかった。ページを目で追ってすらいない感じだった。

うだるように暑い朝だった。外にあるものはみんな太陽に焼きつけられて、見るだけで目が痛むようだった。部屋のなかは暑すぎて、指で空気に触れられそうな感じだった。でもあねきはシーツを肩まで引き寄せていた。

「タックは今日来るの？」あたしは聞いた。元気が出そうなことを言おうと思ったんだ。

「ああもう！　このうちじゃ落ち着くひまもありゃしない」

あねきがいきなりこんないじわるなしゃべり方をしたことは、それまで一度もなかった。いじわるはあったかもしれないけど、こんな恨みがましい感じじゃなかった。

「はいはい」と、あたしは言った。「だれもあんたのことなんか構っちゃいないよ」

あたしは腰かけて、本を読むふりをした。外の道路を行く足音がすると、あねきは本にぎゅっとしがみついたので、必死に足音を聞こうとしてるのはわかりきっていた。あたしは目で見なくても、足音だけで歩いてるのが黒人かどうかわかるんだ。黒人の人たちはたいてい、一歩一歩の間に足をひきずるみたいな音が切れ目なく入るからね。足音が通りすぎるたび、あねきは本を持つ手をゆるめて唇を噛んだ。車が通りすぎるときも同じだった。

あたしはあねきがかわいそうだった。そのときその場で、どんな男とどんなごたごたがあっても、こんな気持ちや見てくれになるのはごめんだ、と思った。だけどあねきとは前までみたいに仲よしに戻りたかった。ほかになにもやこしいことがなくても、日曜の朝ってのはろくでもないものだから。

「あたしたち、たいていの女きょうだいにくらべたら喧嘩しないほうだよね」と、あたしは言った。「したとしてもすぐ仲直りするしね。でしょ?」

あねきはなにかぶつぶつ言いながら本の同じところを眺めていた。

「とりあえずそれっていいことだよね」あたしは言った。

あねきは頭を軽く左右に振っていた——何度も何度も、表情ひとつ変えずに。「バーバー・デイヴィスの姉ちゃんらふたりみたいにひどい喧嘩で長引くやつなんかしたことないし——」

「そうね」と、あたしが言ったことには上の空の様子で、あねきが言った。

「ひどい喧嘩したのなんて思い出せないよ」

しばらくして、はじめてあねきが目を上げた。そしてやにわに言った。「あたしは覚えてる」

「いつ?」

くまができているせいで眼の緑色がくっきりして、見たものをそのなかに焼きつけているみたいだった。「一週間ほど、午後はずっとあんた家にいないといけなかったことあったでしょ。ずうっと前」

たしかにそれはずっと前のことだ——あねきは十三歳くらいだった。記憶が正しければ、あたしはそのころいまよりずっといじわるで、冷酷無情(ハードボイルド)だった。たくさんいる叔母さんたちのうちでも一番大好きだった人が、死産して自分も死んでしまったんだ。葬式の後でママが、あねきとあたしに教えてくれた。新しいこと、知りたくないことを知るとあたしはいつも怒り狂う——怒り狂って、怖くなる。

でもあねきが言っていたのはそのことじゃなかった。それは女の子ならだれでも大きくなるとやってくる月のものがあねきにはじまって数日した朝のことで、当然あたしはそれを知って死ぬほど怖くなった。ママはあたしにもそれについて教えて、どんなものを身につけないといけないか説明した。そのとき、叔母さんが死んだときみたいに、いやその十倍ぐらい、いやな気分になった。あねきに対してもなんだか違う感じがして、だれかにつかみかかってぶん殴ってやりたくなった。

ぜったいに忘れっこない。あねきは部屋のドレッサーの鏡の前に立っていた。顔を見ると、今朝枕の上にあったときとおなじように真っ白で、目のしたにくまがあって、肩まである髪がつやつやしてた——顔立ちがいまよりもう少し幼かっただけ。

あたしはベッドに腰かけて、膝に歯を立てていた。「ぜったいばれるよ」とあたしは言った。「見ればわかるって!」

あねきはセーターに青いプリーツスカートを穿いていて、どこもかしこも痩せてたから確かにちょっとそれが浮き出して見えた。

「だれが見たってわかる。一瞬で。見たらすぐわかるよ」

鏡のなかのあねきの顔は青ざめて、ぴくりともしなかった。

「最悪。こんなのぜったいあたしはやだな。もう丸見えだもん」
あねきは泣き出して、もう学校に行かないとかなんとかママに言った。長いこと泣いていた。そのころのあたしはそんな風にささくれ立って冷酷無情(ハードボイルド)だったし、いまでもときどきそうだ。ずっと前に、一週間のあいだ外出禁止になったのは、そういうわけだった。

その日曜の朝、昼ごはん前の時間に、タックが車でうちに来た。あねきは起き上がって急いで服を着て、口紅もつけなかった。

外に昼を食べに行くんだと、あねきは言った。うちは日曜はだいたいみんな家で一緒に過ごすことになってたから、それはちょっと変だった。うす暗くなってくるまでふたりは戻らなかった。暑かったからあたしたちはポーチに出て、座ってアイスティーを飲んでいた。すると車が戻ってきた。ふたりが降りると、一日じゅう気分がよかったパパが、タックも来てアイスティーを一杯飲んでいけばと言った。

タックはあねきと一緒にブランコに腰かけたけど、体重をかけないようにしていて、踵(かかと)が地面についていなかった——まるですぐにでも帰ろうとしてるみたいに。グラスを片手からもう片手にひっきりなしに持ちかえて、次から次へと話題をくり出した。タックもあねきも盗み見るようにしてしかお互いを見なくて、もう好き合っていないみたいだった。なにかが変だった。なにかをおそれているみたいだった。タックはじきに帰った。

「ちょっと隣に来て座りなさい、猫ちゃん」と、パパが言った。猫ちゃんていうのは、パパがとくべつ機嫌がいいときに、あねきを呼ぶのに使うあだ名。いまだにあたしたちのことを甘やかしたがるんだ。

あねきはパパの椅子のところに行って、肘（ひじ）かけに腰を下ろした。タックと同じように体をこわばらせて、少し距離を置いて座ったので、パパが体に腕を回そうにもほとんど届かなかった。パパは葉巻を吸いながら、前庭と木々に薄闇が降りはじめるのを眺めていた。

「近頃はうまくやってるかい？」機嫌がいいときのパパは、いまだにあたしたちのことをぎゅっとハグしたり、あねきのことだって子ども扱いするのが好きなんだ。

「まあまあね」と、あねきは答えた。立ちあがりたいみたいに少し身をよじらせたが、そうしたらパパの気に障るんじゃないかと思いあぐねているみたいだった。

「この夏はお前とタックで楽しく過ごしたんじゃないかい、猫ちゃん？」

「ええ」と、あねきは言った。また顎をぎしぎしと動かしはじめていた。なにか言ってやりたかったけど、なにも思いつかなかった。

パパが言った。「もうじきタックは技術大に戻るんだろう。いつ発つんだい？」
「もう一週間もないわ」と、あねきは言った。せわしなく立ちあがり、そのときにパパが指に挟んでいた葉巻をはらい落してしまった。それを拾いもせずに、玄関に飛びこんで行った。部屋に駆けこんでドアをばたんと閉める音が聞こえた。泣きだしそうなのがわかった。

とんでもなく暑い日だった。庭に闇が落ちはじめて、いなごがぶんぶんとのべつまくなしにうなり立てていて、意識しないとその音も気にならないぐらいだった。空は青灰色で、道向かいの空き地の木々は闇に包まれていた。あたしはママとパパと一緒にポーチに腰かけて、ふたりが声をひそめて話すのを聞くでもなく聞いていた。あねきのいる部屋に行きたかったけど、怖かったんだ。本当のところなにが問題なのか、問いただしたかった。タックとあねきの喧嘩がそこまでひどいやつだったのか、それともあねきがタックを好きすぎて、向こうが町を離れるから悲しくなっているだけなのか。ちょっと考えてみると、そのどっちでもないような気がした。知りたかったけど、聞くのが怖かった。だから大人たちと一緒に座っていた。その晩ほどさみしく感じたことはなかった。悲しい気持ちといって思い出すのはあのときのことだ——あそこに腰かけて、庭に長く青い影が伸びるのを眺めては、この家で子どもなのはもう自分だけで、あねきもダンも死んだかどこかに行ってしまって、もう帰ってこないみたいな気持ちがしてた。

だけどあたしだって、だれにも劣らず冷酷無情(ハードボイルド)なんだ。あねきやほかの誰かがそうしてほしいって言うんだったら、ひとりでいるのなんかへっちゃらだし。十三歳になっても靴下を履いて、なんでもしたいようにできるって、いい気分だ。あねきみたいになるんだったら、歳なんか取りたくない。というか、取るもんか。あねきがタックを好きみたいに、男の子を好きになったりなんて、あたしはしない。男とかほかのことが理由であねきみたいにふるまうなんて、ぜったいにごめんだ。昔のあねきに戻ってもらおうといろいろ算段して時間を無駄にしたりなんかしない。さみしい気持ちになることなら、そりゃあるだろう──だけど気にしない。これから一生ずっと十三歳のままでいるなんて、できないってわかってる。でもあたしは、なにかに自分を変えられたりなんかぜったいにしない──それがなんだとしても。

あたしはスケートをして、自転車に乗って、毎週金曜にフットボールの試合を見に行く。でもある午後にほかの子たちが急に体育館の地下で声をひそめてあれこれ──結婚するってどんな感じとかなんとか──話しだしたとき、そんなの聞きたくないから、あたしはぱっと立ちあがって上の階に行って、バスケットボールをやった。ほかの子たちが口紅をつけてストッキングを穿くんだと言ったときも、百ドルもらったたって願い下げだって、あたしは言ってやった。

いまのあねきみたいになんて、あたしはぜったいにならない。ぜったいに。あたしを知ってる人ならだれだってわかるはずだ。ただもう、そういうタイプじゃないっていう、それだけ。もし大人になるってのがそういうこと（ライク・ザット）なら、あたしはそんなのまっぴらごめんだ。

編訳者解説

本書はカーソン・マッカラーズ『悲しき酒場の唄』（西田実訳、白水Uブックス）を元にした短編集である。西田訳には表題作と「騎手」、「家庭の事情」、「木、石、雲」の三つの短編が収録されていたが、文庫化に際して、底本の作品集に掲載された残り三つの短編「天才少女（ヴンダーキント）」、「マダム・ジレンスキーとフィンランド国王」、「渡り者」と、底本には未収録の初期の短編「そういうことなら（ライク・ザット）」を、編訳者であるハーンが訳出した。ただし、uブックス版の元になった白水社のハードカバー版には、これら三編の西田訳が収録されていることを付記しておく。西田訳は編訳者自身が高校時代に出会い、夢中になって読んだものであり、独特の詩情を湛（たた）えたその訳文を新たな読者にも味わってもらいたいことから、文庫化に当たっての変更は、ハーン担当部分との表記統一や単位のメートル法への変更、あきらかな誤記の修正など、最小限にとどめた。

二十世紀中葉に活動したアメリカ南部ジョージア州出身の女性作家というと、どうもマイナーな感じがしてしまうかもしれないが、マッカラーズは、とりわけ長編第一作の『心は孤独な狩人』（一九四〇）を中心に、今でも読み継がれている作家である。日本でも村上春樹の新訳が話題になったことは記憶に新しい。『悲しき酒場の唄』は一九四三年に書かれた中編小説で、南部のスモールタウンで唯一の酒場を経営する大女のミス・アメリアと、突然町に現れた背に障害のある男、いとこのライモンの、束の間の親密な関係が描かれる。「グロテスク」や「孤独」、「報われない愛」といった、マッカラーズを語る際によく用いられるキーワードを、ある種ショーケース化したような風合いの作品である。小説のクライマックスは、ミス・アメリアとならず者の前夫マーヴィン・メイシーの対決——というか素手で殴り合う大喧嘩——だ。乱闘の末にメイシーとライモンが駆け落ちのようにして町を去り、ミス・アメリアがひとり酒場に残されるという結末は、不可解と言えば不可解で、読者はある種置き去りにされたような感覚を味わうかもしれない。それでもこの変な人たち——マッカラーズ自身が折に触れて用いた語を借りるならば、クィア（当時の用法としては、常に同性愛的な意味合いを持っていたわけでもないが、その含みももちろんある語）な人たち——が、愛を求めて織り成す奇妙な片思いの連鎖の物語は、物語の冒頭と結末で印象的に描写されるチェインギャングの歌声とともに、強い印象を残す。囚人たちがコール・アンド・レスポンスによって声を重ね合い、ひとつのワークソングを多層的に表現しながら完成に導くように、小説の登場人物たちもまた、互いの存在に呼応し合うことで出来事を生み出していく。アメリアたちは確かに孤独なのかもしれないが、自分の世界に閉じこもるだけではなく、それこそ素手での殴り合いのように、愛を求める無謀な企てを通して、痛みとともに自分を開き、他なるものの存在へと手を伸ばしてもいる。

孤独な個人のありさまを描いているようでいて、ある種の社会性や共同体の感覚に対しても開かれているというマッカラーズ作品の独自性は、たとえば公民権運動を支持し、南部の人種問題を作中に書き込んでいた作者の政治的な態度にも表れている。あるいはそれは、彼女自身のセクシュアリティともある程度関係しているのかもしれない。マッカラーズは今日的な意味でのオープンリー・レズビアンではなかったかもしれないが、同じ男性リーヴズ・マッカラーズと二度結婚する一方で、同性とも親密な関係を築いた。戯曲作家テネシー・ウィリアムズとの交友をはじめとして、クィアな友人たちの共同体に身を置くことが、創作の助けにもなっていた。マッカラーズのクィアな側面に注目した伝記に、二〇二〇年度の全米図書賞ノンフィクション部門の最終候補に選ばれたジェン・シャプランドの *My Autobiography of Carson McCullers*

がある。直訳すると『マッカラーズの私の自伝』という意味だが、この奇妙なタイトルが示す通り、伝記はマッカラーズのクィア性をめぐる物語であるだけでなく、マッカラーズについて書くことを通して、著者であるシャプランドがレズビアンとしての自分と向き合う過程をめぐる本でもある。孤独に閉じたものと思われがちなマッカラーズの作品や人生は、実のところ絶え間なく他の人びとを触発し、新しい物語を生んでいる。シャプランドの伝記はその紛れもない具体例だ。

ある人の感情が別の人を触発し、感情で結ばれた共同体を生み出していく。『悲しき酒場の唄』で言えば、ミス・アメリアの経営する酒場そのものが、そうした触発の共同体のような空間だと言えるだろう。酒場は紡績工場以外にこれといって産業のないスモールタウンにあって、人びとが一日の疲れを癒すために出かけていける唯一の場所であり、貧しい人たちもそこに行けば安価な定食で飢えを満たし、ミス・アメリアと小男ライモンの、いびつだが甲斐甲斐しくもある恋の成り行きを見物しがてら、女主人の醸造所で作られる最上のウィスキーを楽しむことができる。酒場は孤独な人間に、居場所と社会の一員であるという感覚を提供し、「自分はこの世でたいした価値がないという、心の奥の苦い思いを忘れ」させてくれる、そんな場所なのだ（九八頁）。ミス・アメリアは伝統的な意味での魅力的な女性キャラクターではまったくなくて、むしろ変（クイア）なのだが、そこにこそ逆説的に他の人物たちの日々の孤独や、貧困がもたらす疲労を癒す力が宿っているように思える。そしてそんなアメリアのもとに、ライモンやメイシーといった、それぞれに規範をはみ出し生きづらさを抱えた人物たちも引き寄せられるようにして集まり、互いを愛し傷つけ、影響を与え合う。

異質で非規範的な存在の魅力とそれがもたらす触発は、本書に収められた他の短編にも見られるものだ。いくつかの作品は、少女時代にピアニストを志したマッカラーズらしく、音楽の要素をふんだんに取り入れているが、音楽そのものが、のっぺりとした現代アメリカ文化の同質性や規範を逸脱するような魅力を放ち、登場人物たちを退屈な日常世界から連れ去って、硬直化した世界の外部を垣間見せる役割を持っている。その魅力はたとえば、「マダム・ジレンスキーとフィンランド国王」に登場する、虚言癖のある天才肌の音楽家マダム・ジレンスキーの、胡散臭くも豊かな異国情緒に満ちた物語や、「天才少女（ヴンダーキント）」のピアノ教師、ビルダーバッハ先生のヨーロッパ性と度を越した熱情、男性的な色気に主人公フランセスが抱くあこがれに見て取れるだろう。音楽は登場人物たちに、自分が慣れ親しんだものとは別の世界が存在する可能性の次元を見せてくれるのだ。あるいは、「そういうことなら（ライク・ザット）」の語り手であるおてんばの少女が抱く、激しい憤りを思い出してもいい。異性愛規範に組み入れられることで大人の階段を上って行く姉に対する違和感と、姉妹の親密さが失われてしまったことへのさみしさを抱いて、少女は冷酷無情（ハードボイルド）を気取りながらも、みずからの感情を持て余し、もがいている。思春期の入り口に立つ少女の細やかな感情の動きは読む者に鮮烈な印象を残し、彼女が必死に失うまいとする親密さと愛の形、そのクィアな可能性をぼんやりと浮かび上がらせる。少女の激烈な感情は、より明白な形で同性の親密さを描いていると言える「騎手」にも引き継がれている。負傷でキャリアを駄目にしたパートナーを思って怒る騎手もまた、愛に触発され、他人の痛みに無関心な世界に対して立ち向かう存在なのだ。そうした別の愛の形を、ある意味最も壮大なスケールで体現しているのは、「木、石、雲」の酔っぱらいの男性だろう。早朝に酒場にやって来た初対面の新聞少年に、男性は唐突な愛の告白をし、独自の愛の科学について、一方的に語り尽くす。一見すると男性は、妻に逃げられ朝から酒場で管（くだ）を巻いている悲しいおじさんに過ぎないようでもあるが、その愛は実に深く、あらゆる方向に入り乱れ、文字通り木に、石に、雲に、すべての他なるものに向けられている。「空飛ぶ鳥を見るだけでもよい。あるいは道ばたで旅人に出会うだけでも。なんでもよいのだ。だれでもかまわない。見知らぬものばかり、そのすべてを愛するのだ」（一七五頁）。そう確信を持って語るこの酔っぱらいの姿に、マッカラーズの触発の語りは結実する。なるべく多くの読者に、マッカラーズの生み出す繊細でありながらもダイナミックな物語の数々に出会い、その触発の力を感じてほしいと思う。

なお本書中には、現在の基準に照らして不適切、あるいは差別的な語句や表現が存在するが、当時の時代背景を伝え、歴史を理解するための糸口として、そのまま残していることを付記しておく。

末尾になるが、はじめての小説の翻訳で、しかも敬愛するマッカラーズの作品を訳すという、楽しくもプレッシャーもある仕事に伴走してくださった筑摩書房の永田士郎さんに、深く感謝する。

二〇二三年三月

ハーン小路恭子

本書は、一九九二年四月二五日に白水社より刊行された『悲しき酒場の唄』（西田実訳、白水Uブックス）に一部修正をほどこし、あらたに訳しおろした「天才少女（ヴンダーキント）」「マダム・ジレンスキーとフィンランド国王」「渡り者」「そういうことなら（ライク・ザット）」をくわえた短篇集です。

フラナリー・オコナー全短篇（上）
フラナリー・オコナー
横山貞子訳

キリスト教を下敷きに、残酷さとユーモアのまじりあう独特の世界を描いた第一短篇集『善人はなかなかいない』を収録。個人全訳。（蜂飼耳）

フラナリー・オコナー全短篇（下）
フラナリー・オコナー
横山貞子訳

短篇の名手、F・オコナーの個人訳による全短篇。死後刊行の第二短篇集『すべて上昇するものは一点に集まる』と年譜、文庫版あとがきを収録。

エマ（上）
ジェイン・オースティン
中野康司訳

美人で陽気な良家の子女エマは縁結びに乗り出すが、見当違いから十七歳のハリエットの恋を引き裂くことに……。オースティンの傑作を新訳で。

エマ（下）
ジェイン・オースティン
中野康司訳

慎重と軽率、嫉妬と善意が相半ばする中、意外な結末がエマを待ち受ける。英国の平和な村を舞台にした笑いと涙の楽しいラブ・コメディー。

動物農場
ジョージ・オーウェル
開高健訳

自由と平等を旗印に、いつのまにか全体主義や恐怖政治が社会を覆っていく様を痛烈に描き出す。『一九八四年』と並ぶG・オーウェルの代表作。

O・ヘンリー ニューヨーク小説集
青山南＋戸山翻訳農場訳

烈しく変貌した二十世紀初頭のニューヨークへタイムスリップ！　まったく新しいO・ヘンリーの読み方。同時代の絵画・写真を多数掲載。（青山南）

O・ヘンリー ニューヨーク小説集　街の夢
青山南＋戸山翻訳農場訳

なんと鮮やかな短篇集！　O・ヘンリーが20世紀初頭のニューヨークの街並と人生の一齣を見事に描き出した小説集第二弾。解説・カラー口絵も充実。

エレンディラ
G・ガルシア＝マルケス
鼓直／木村榮一訳

大人のための残酷物語として書かれたといわれる中・短篇。「孤独と死」をモチーフに、大著『族長の秋』につらなるマルケスの真価を発揮した作品集。

カポーティ短篇集
T・カポーティ
河野一郎編訳

妻をなくした中年男の一日を、一抹の悲哀をこめ、ややユーモラスに描いた本邦初訳の「楽園の小道」他、選びぬかれた11篇。文庫オリジナル。

氷
アンナ・カヴァン
山田和子訳

氷が全世界を覆いつくそうとしていた。私は少女の行方を必死に探し求める。恐ろしくも美しい終末のヴィジョンで読者を魅了した伝説的名作。

アサイラム・ピース　アンナ・カヴァン　山田和子訳
出口なしの閉塞感と絶対の孤独、謎と不条理に満ちた世界を先鋭的スタイルで描き、作家アンナ・カヴァンの誕生を告げた最初の傑作。（皆川博子）

謎の物語　紀田順一郎編
それから、どうなったのか――結末は霧のなか、謎は謎として残り解釈は読者に委ねられる。不思議な「謎の物語」15篇。女か虎か／謎のカード／園丁 他

猫語のノート　ポール・ギャリコ　西川治写真　灰島かり訳
猫たちのつぶやきを集めた小さなノート。その時の猫たちの思いが写真とともに1冊になった。『猫語の教科書』姉妹篇。（大島弓子／角田光代）

郵便局と蛇　A・E・コッパード　西崎憲編訳
日常の裏側にひそむ神秘と怪奇を淡々とした筆致で描く、孤高の英国作家の詩情あふれる作品集。新訳一篇を追加し、巻末に訳者による評伝を収録。

世界の果てまで連れてって!…　ブレーズ・サンドラール　生田耕作訳
第二次大戦後パリの狂気、突然の事件、精力絶倫の老女優テレーズの「とてつもない」生……。横溢する言葉の力に圧倒される、伝説の怪作。（野崎歓）

第8監房　柴田錬三郎　日下三蔵編
剣豪小説の大家として知られる柴錬の現代ミステリ短篇の傑作が奇跡の文庫化。〈巧みなストーリーテリング〉と〈衝撃の結末〉で読ませる狂気の8篇。

スターメイカー　オラフ・ステープルドン　浜口稔訳
宇宙の発生から滅亡までを壮大なスケールで描いた幻想の宇宙誌。1937年の発表以来、各方面に多大な影響を与えてきたSFの古典を全面改訳で。

ブラウン神父の無心　G・K・チェスタトン　南條竹則／坂本あおい訳
ホームズと並び称される名探偵「ブラウン神父」シリーズを鮮烈な新訳で。「木の葉を隠すなら森のなか」などの警句と逆説に満ちた探偵譚。（高沢治）

ブラウン神父の知恵　G・K・チェスタトン　南條竹則／坂本あおい訳
独特の人間洞察力と鋭い閃きでブラウン神父が逆説に満ちたこの世界の在り方を解き明かす。全12篇を収録。新訳シリーズ第二弾。（甕由己夫）

82年生まれ、キム・ジヨン　チョ・ナムジュ　斎藤真理子訳
キム・ジヨンの半生を克明に振り返り、女性が出会う差別を描き絶大な共感を得たベストセラー、ついに文庫化！（解説＝伊東順子　文庫版解説＝ウンユ）

スロー・ラーナー
トマス・ピンチョン
志村正雄訳
著者自身がまとめた初期短篇集。「謎の巨匠」がみずからの作家生活を回顧する序文を付した話題作。驚異に満ちた世界。（高橋源一郎／宮沢章夫）

競売ナンバー49の叫び［新装版］
トマス・ピンチョン
志村正雄訳
「謎の巨匠」の暗喩に満ちた迷宮世界。突然、大富豪の遺言管理執行人に指名された主人公エディパの物語。郵便ラッパとは？（巽孝之）

眺めのいい部屋
E・M・フォースター
西崎憲／中島朋子訳
フィレンツェを訪れたイギリスの令嬢ルーシーは、純粋な青年ジョージに心惹かれる。恋に悩み成長する若い女性の姿と真実の愛を描く名作ロマンス。

E・M・フォースター短篇集
E・M・フォースター
井上義夫訳
神話と現実をたゆたう「コロヌスからの道」、同性愛を扱った「アーサー・スナッチフォールド」など、不朽の名作短編を八作収録。（井上義夫）

パルプ
チャールズ・ブコウスキー
柴田元幸訳
人生に見放され、酒と女に取り憑かれた超ダメ探偵が次々と奇妙な事件に巻き込まれる。伝説的カルト作家の遺作、待望の復刊！（東山彰良）

ブコウスキーの酔いどれ紀行
チャールズ・ブコウスキー
中川五郎訳
泥酔、喧嘩、二日酔い。酔いどれエピソードと嘆き節がぶつかり合う、伝説的カルト作家による笑いと涙の紀行エッセイ。（佐渡島庸平）

ありきたりの狂気の物語
チャールズ・ブコウスキー
青野聰訳
すべてに見放されたサイテーな毎日。その一瞬の狂った輝きを切り取る、伝説的カルト作家の愛と笑いと哀しみに満ちた異色短篇集。（戌井昭人）

オシリスの眼
R・オースティン・フリーマン
渕上痩平訳
忽然と消えたエジプト学者は殺害されたのか？名探偵ホームズ最強のライバル、ソーンダイク博士が緻密なロジックで事件に挑む。英国探偵小説の古典。

あなたは誰？
ヘレン・マクロイ
渕上痩平訳
匿名の電話の警告を無視してフリーダは婚約者の実家へ向かうが、その夜のパーティで殺人事件が起こる。本格ミステリの巨匠マクロイの初期傑作。

二人のウィリング
ヘレン・マクロイ
渕上痩平訳
本人の目前に現れたウィリング博士を名乗る男は誰か。「啼く鳥は絶えてなし」というダイイングメッセージの謎をめぐる冒険が始まる。（深緑野分）

マッカラーズ短篇集

二〇二三年五月　十　日　第一刷発行
二〇二四年十月二十五日　第四刷発行

著　者　カーソン・マッカラーズ
編訳者　ハーン小路恭子（ハーン・しょうじ・きょうこ）
訳　者　西田実（にしだ・みのる）
発行者　増田健史
発行所　株式会社　筑摩書房
東京都台東区蔵前二―五―三　〒一一一―八七五五
電話番号　〇三―五六八七―二六〇一（代表）
装幀者　安野光雅
印刷所　中央精版印刷株式会社
製本所　中央精版印刷株式会社

ISBN978-4-480-43871-3　C0197